Zerberus

1. Auflage

Taschenbuchausgabe 2016

Miko-Verlag
Lesen&Kunst
Umschlaggestaltung: Niclas Treinen
Umschlagillustration: Niclas Treinen
Herstellung: BoD – Books on Demand, Norderstedt, Printed in Germany
ISBN: 978-3-946304-03-6

www.miko-verlag.de

Beatrix Lohmann
R. Reinke

Zerberus

Kriminalroman

Miko-Verlag
Lesen&Kunst

Das Buch

Nach dem erfolgreichen, jedoch zutiefst verstörenden Abschluss ihres ersten Kriminalfalls in Trier hat Fallanalytikerin Katharina Münz eine Menge aufzuarbeiten, bevor sie weiter ihre Zukunft planen kann. Eine schreckliche Entdeckung macht dann allerdings alles zunichte. Katharina verliert völlig den Boden unter ihren Füßen und muss nach einer Zeit der Selbstfindung ihr Leben neu ordnen.
Doch schon bald holt sie der polizeiliche Alltag wieder ein. Eine schrecklich zugerichtete Leiche in einem Steinbruch, Hundebisse, die keine zu sein scheinen, Eskapaden ihres Chefs, die sie ihm nie zugetraut hätte, und andere Probleme machen ihr zu schaffen. Dann taucht auch noch ihr ehemaliger Kollege mit einer unverhofften Nachricht auf und jemand beobachtet sie aus der Ferne. Als Frank Saalmanns Sohn entführt wird, kristallisiert sich ein Tatmuster heraus.
Wer ist das nächste Opfer des immer brutaler zuschlagenden Mörders, der sich selbst Zerberus nennt – und was ist sein Motiv?

Die Autoren

Das Autorenteam Beatrix Lohmann und R. Reinke präsentiert mit seinem zweiten Roman um die Fallanalytikerin Katharina Münz und ihre Kollegen erneut eine hochspannende und gut durchdachte Kriminalstory, die ihre Leser bis zum Ende mitfiebern lässt.
Die Autoren leben im wunderschönen Hunsrück. Beide lieben die Natur und ihre Tiere.

Der Illustrator

Niclas Treinen wurde 1987 im Hochwald geboren und absolvierte nach der Schulzeit eine Ausbildung als Elektriker.
Zur Zeit studiert er Kommunikationsdesign an der Hochschule Trier.

Inhaltsverzeichnis

Für Mama
Wir vermissen dich.

„Ein Untier, wild und seltsam, Zerberus.
Rot sind die Augen
und scharf bekrallt die Tatzen.
Er kratzt, zerfleischt die Geister, vierteilt sie“

Angelehnt an Dantes Göttliche Komödie

Prolog

FEUER IN EINFAMILIENHAUS FORDERT EIN TODESOPFER

TRAGÖDIE IN WOHNVIERTEL, ACHTJÄHRIGE STIRBT BEI BRAND

Waltrop. Im Ort Waltrop kam es in der Nacht vom Samstag auf Sonntag zu einer schrecklichen Tragödie. Ein Einfamilienhaus brannte komplett aus. Für ein sich noch im Haus befindliches achtjähriges Mädchen kam jede Hilfe zu spät. Bei dem Rettungsversuch wurden zwei Feuerwehrmänner sowie die Schwester des Opfers verletzt. Die Familie wird psychologisch betreut. Im Einsatz waren drei Löschzüge der Feuerwehr Waltrop sowie ein Löschzug der Berufsfeuerwehr Lünen. Die Polizei geht von einem technischen Defekt aus. Die Untersuchungen dauern noch an.

Der Zeitungsbericht ist bereits alt und verblichen. Zum Teil ist der Text kaum noch lesbar, so oft hat sie ihn in der Hand gehalten. Nüchtern, knapp, emotionslos ist er und spiegelt bei weitem nicht das Grauen wider, das sie damals empfand.

An diesem Tag, der ihr Leben ändern sollte, wurden ihre Eltern kurzfristig zu einem wichtigen Geschäftsessen eingeladen. Dabei hatte sie ihnen schon vor Wochen angekündigt, dass sie an diesem Samstag auf jeden Fall weg musste. Zur Party des Jahres. Der Party, bei der jeder dabei war, der etwas zählte.

Alle anderen waren Außenseiter, Loser. Deshalb musste sie unbedingt dorthin. Und dann das. Als ob Martina mit ihren acht Jahren nicht alleine zu Hause bleiben konnte! Aber nein. Die Eltern bestanden darauf, dass sie für ihre kleine Schwester Stallwache schob. Nachdem sie mehrmals mit ihren besten Freundinnen Heike und Petra telefoniert hatte, entschloss sie sich dazu abzuwarten, bis Martina schlief und dann wenigstens für zwei Stündchen zur Party zu gehen. Sie war sich absolut sicher, die richtige Entscheidung getroffen zu haben. Sie fühlte sich fürchterlich wichtig, denn sie gehörte dazu. Auf dieser coolen Party war sie jemand.

Als sie um 23:00 Uhr zurückkam, schlugen die Flammen bereits aus dem Haus. Nachbarn hatten die Feuerwehr alarmiert und liefen aufgeregt auf dem Gehweg herum. Doch keiner von ihnen machte Anstalten, ins Haus zu gelangen, um Martina zu retten. Ihre Schreie gellten durch die Nacht. Angst- und Schmerzensschreie, so schrill, dass sie ihr das Trommelfell zerschnitten. Da rannte sie los. Die Hitze, die ihr entgegenschlug, war unerträglich. Trotzdem versuchte sie, ins Haus zu kommen. Sie zerschlug eines der Wohnzimmerfenster und kletterte nach innen. Doch schon am Fuß der Treppe musste sie einsehen, dass sie nicht weiterkam. Das Treppenhaus brannte lichterloh. Die Treppe war ein einziges Flammenmeer. Und noch immer hörte sie diese schrecklichen Schreie ...

Sie betrachtet ihre Arme.

Die Narben der Schnittverletzungen und der Verbrennungen sind noch deutlich zu erkennen. Sie erinnern sie an jedem einzelnen Tag ihres Lebens daran, welche Schuld sie damals auf sich geladen hat.

Kapitel 1

Wo war nur diese verdammte Liste? Katharina räumte genervt die Papiere beiseite, die sich wieder einmal auf der Kommode im Wohnzimmer angesammelt hatten. Sie war sich sicher, die Liste hier irgendwohin gelegt zu haben.

„Ella, aus!", wandte sie sich an die Border-Collie-Hündin, die ihre Nase nun ebenfalls in den Korb mit den alten Zeitungen und Pappe-Abfällen steckte, der neben dem Kaminofen stand. Ella musste immer überall mit dabei sein. Katharina streichelte ihr mit einer geistesabwesenden Miene über die Schnauze. Dann wühlte sie selbst im Inhalt des Korbes herum. Sie würde die Liste doch nicht weggeworfen haben?

Möglich war natürlich alles, aber die Liste mit allen Hochzeitsgästen und der Sitzordnung im Restaurant? Nein.

Katharina stand auf und blies sich die Haare aus dem Gesicht. Verdammt!

Sie brauchte die Liste unbedingt. Jetzt werd nicht gleich panisch, ermahnte sie sich. Denk nach! Sie holte tief Luft und kniff die Augen zusammen.

Wo habe ich die Liste zuletzt in der Hand gehabt?

Ach ja, wir waren bei Daniel und Kim, um mit ihnen alles durchzusprechen. Da hatte ich die Liste mit. Ich bin mir ganz sicher.

Daniel war Kais bester Freund und er sollte auch dessen Trauzeuge werden. Katharina wollte, da sie keine wirklich gute Freundin hatte, Daniels Lebensgefährtin Kim als Trauzeugin nehmen. Sie trafen sich in den letzten Wochen häufiger, um

über die Zeremonie und den Ablauf des Hochzeitstages zu sprechen.
Katharina setzte sich an den Esstisch, stützte das Kinn in die Hände und runzelte die Stirn. Tat sie wirklich das Richtige?
Es war wohl ganz natürlich, dass man so kurz vor der eigenen Hochzeit das ein oder andere Mal kalte Füße bekam und mit der getroffenen Entscheidung haderte. Bei ihr und Kai spielte allerdings noch etwas mehr mit hinein.
Erstens hatte sich sein Bruder Wolfgang vor ihren Augen erschossen und zweitens kam vor einigen Monaten heraus, dass sie von Kai hintergangen und betrogen worden war.
Katharina war es gelungen, Wolfgang Treber, Kais älterer Bruder, als Mörder von sechs Männern zu überführen. Der Fall nahm sie sehr mit und hatte, was ihrem seelischen Zustand nicht gerade half, hohe Wellen in der Presse geschlagen.
Der Schwager einer Polizeibeamtin ein Serienmörder! Darauf stürzten sich die Medien wie die Hyänen. Es war eine wirklich harte Zeit gewesen, in der sie neben dem Entsetzen und der Trauer um Wolfgang auch ihre eigenen Probleme bewältigen musste. Bei ihrem letzten Gespräch mit Wolfgang war ebenfalls herausgekommen, dass Kai sich in Frankfurt, wo er sich beruflich aufhielt, eine Geliebte leistete.
Katharinas erste Reaktion war natürlich Wut, grenzenlose Verletztheit und der Gedanke an Trennung gewesen. Aber sie liebte Kai und verzieh ihm letztendlich. Ein Paartherapeut half ihnen dabei, diesen dunklen Teil ihres Lebens zu verarbeiten. Jedenfalls hoffte sie das. Kais Heiratsantrag kam dann allerdings doch etwas überraschend und Katharina musste sich mit der Antwort Zeit lassen. Schließlich war der Wunsch nach einer gemeinsamen Zukunft mit Kai stärker gewesen als alle Bedenken, und sie willigte mit klopfendem Herzen ein, seine

Frau zu werden. Es ist die richtige Entscheidung, dachte sie nun fast trotzig und musste grinsen, als sie an die Reaktion ihrer Kollegen dachte. Ihr Chef, Frank Saalmann, hatte, wie es seine Art war, die neuen Informationen resümiert.
„Du und Kai, ihr wollt also wirklich heiraten?“, hatte er gefragt.
„Mensch, Frank. Jaha! Das sagte sie doch gerade“, brummte Hans-Walter Beumers, ihr älterer Kollege, ungnädig.
„Und wir beide sind eingeladen und können uns auf eine tolle Party freuen“, ergänzte Frank und dann hatte er sie tatsächlich umarmt. Sogar Hans-Walter, der alte Brummbär, hatte sie in den Arm genommen und fest an sich gedrückt.
„Aber jetzt brauche ich die Liste!“, murmelte Katharina und erhob sich. Ella verstand dies als eine Aufforderung zum Spaziergang und sprang freudig um ihr Frauchen herum.
„Gleich, mein Schatz. Versprochen. Zuerst muss ich aber die Liste finden“, beruhigte Katharina den Hund und machte sich auf den Weg in den ersten Stock. Vielleicht lag die Liste ja in Kais Arbeitszimmer. Nachdem sie eine Zeit lang auch dort vergeblich gesucht hatte, blieb sie mitten im Zimmer stehen und verzog das Gesicht. „Mann, bin ich blöd!“, stöhnte sie. Natürlich war die Liste auf ihrem Laptop abgespeichert. Gerade wollte sie wieder nach unten gehen, als ihr einfiel, dass sie ihren Laptop morgens mit ins Büro genommen und dort vergessen hatte. „Mist!“.
Was nun? Ihr Blick fiel auf Kais Computer. Er musste doch die Liste ebenfalls auf seinem Computer haben. Sie zögerte kurz. Eigentlich war es ein ungeschriebenes Gesetz, dass Kais Arbeitscomputer für sie tabu war. Das machte auch Sinn, da er sehr wichtige Kundendaten und firmeninterne Dinge darauf abgespeichert hatte.
„Aber das hier ist schließlich ein Notfall“, murmelte sie und

drückte entschlossen auf den Ein-Knopf. Während sie darauf wartete, dass der Computer hochfuhr, ließ sie ihren Gedanken freien Lauf. Kai war wieder einmal in Frankfurt, wo er für eine Marketingfirma arbeitete. Meist konnte er dies von zu Hause aus tun, doch ab und zu musste er für wichtige Kundengespräche oder Firmentreffen trotzdem hinfahren. Es hatte einige Zeit gedauert, bis Katharina nicht mehr diese bohrende Eifersucht spürte, wenn er weg war. Doch auch dabei hatte die Therapie geholfen. Unwillig schüttelte sie den Kopf. Daran wollte sie nicht mehr denken. Sie ließ ihre Gedanken zu den eingeladenen Gästen schweifen. Es würde sicher nicht ganz einfach werden. Sie seufzte.

Die räumliche Distanz der letzten Jahre, die sie zu ihren Eltern aufgebaut hatte, war ihr ehrlich gesagt recht angenehm und sie sah dem nahen Treffen mit gemischten Gefühlen entgegen. Das Verhältnis zu ihrem Vater war nie sehr herzlich gewesen. Harald Münz war pensionierter Hauptschullehrer.

Er hatte viele Jahre an der Pollenfeld-Schule in Koblenz unterrichtet. Ein geradliniger, aber unnahbarer Mann, der seinen Kindern keine große Empathie, geschweige denn väterliche Liebe entgegenbrachte. Mittlerweile war er 66 Jahre alt und widmete sich hauptsächlich geschichtlichen Studien, was ihn noch eigenbrötlerischer wirken ließ, falls dies überhaupt möglich war.

Ihre Mutter, zehn Jahre jünger als ihr Mann, arbeitete noch immer als Dekanatssekretärin des Fachbereiches Pädagogik. Das tat sie nun schon seit fast dreißig Jahren, denn ihre Arbeit war ihr immer das Wichtigste gewesen.

Sie war eine schlanke, gut aussehende Frau und Katharina hatte nie verstanden, was ihre Eltern, die so verschieden waren, verband. Ob es tatsächlich noch so etwas wie tiefe Gefühle zwischen den beiden gab, konnte Katharina nicht sagen. Tatsache war, dass auch ihre Mutter keine häusliche Geborgenheit brauchte oder suchte, denn sie war bereits kurz nach ihrer und Stephans Geburt wieder voll in den Beruf eingestiegen, statt zu Hause bei den Kindern zu bleiben. Ihre Unabhängigkeit war ihr offensichtlich wichtiger gewesen als das Familienleben und so waren Katharina und ihr Bruder bei unterschiedlichen Tagesmüttern aufgewachsen, die besser oder schlechter auf die Bedürfnisse der Kinder eingingen und ihnen so etwas wie Familienleben vermittelten.

Vielleicht war der fehlende Familienzusammenhalt in ihrer Kindheit der Grund, warum sie sich so sehr nach einer eigenen intakten Liebesbeziehung gesehnt und Kai verziehen hatte? Ist doch egal, murmelte sie und starrte auf den Monitor, auf dem das Startmenü zu sehen war. Es würde schön sein, ihren Bruder Stephan nach so langer Zeit wiederzusehen. Warum schafften sie es eigentlich nicht, sich zumindest einmal im Jahr zu treffen? Sie mochte ihren Bruder sehr und auch sein Lebensgefährte Zoltan war ein netter Kerl. Warum also dann?

Trotzig zog sie die Augenbrauen zusammen. Auf jeden Fall lag es nicht nur an ihr. Stephan meldete sich ja schließlich auch nicht. Natürlich hatte er viel zu tun. Er arbeitete in München als Schreiner und hatte sich dort in den letzten Jahren mit seinen ausgefallenen Einzelstücken sogar einen Namen gemacht. Aber sie war auch nicht gerade untätig, oder? Sie und ihr Bruder lebten einfach ihr eigenes Leben und niemand hatte Schuld daran, dass so wenig Zeit blieb für familiäre Kontakte. So oder so, es würde spannend werden, die gesamte Familie Münz gemeinsam an einem Tisch vereint zu sehen, dachte sie mit einem schiefen Grinsen.

Nun aber musste sie die verdammte Liste finden. Katharina

schaute auf den Monitor, auf dem nun die Aufforderung zur Eingabe eines Passwortes erschien. Sie rümpfte die Nase. Damit hatte sie zwar rechnen müssen, doch es würde sie Zeit kosten. Katharina überlegte kurz und gab dann ELLA ein. Falsches Passwort. Okay, dachte sie und tippte ihren eigenen Namen. Wieder Fehlanzeige. Sie versuchte es mit Kais Geburtsdatum, ebenso mit ihrem und Ellas. Dann gab sie den Namen seiner Mutter, MARGARETHE, dann DANIEL und schließlich WOLFGANG ein.

Sofort erschien das Startmenü. Stirnrunzelnd betrachtete sie den Bildschirm. Hatten Kai und sein Bruder ein innigeres Verhältnis zueinander gehabt als sie geahnt hatte, oder war dies Kais Art, sich an seinen toten Bruder zu erinnern? Schon komisch, dachte sie, richtete dann aber ihr Augenmerk auf die auf dem Desktop angezeigten Ordner und suchte eine Verknüpfung, die sie vielleicht bei ihrer Suche weiterbringen konnte. Es waren viele Verknüpfungen und Katharina überflog die Titel. Werbeprojekte und Kundendaten. Wo könnte Kai eine Hochzeitsliste untergebracht haben?

Ein Ordner mit dem Namen Divers entpuppte sich ebenfalls als Arbeitsordner. Die zweite Verknüpfung lautete Projekte priv. und Katharina klickte darauf. Es gab jede Menge Unterordner, deren Titel sie überflog. Offensichtlich hatte Kai hier zum Beispiel aufgelistet, was sie beim Umbau des Hauses im vorletzten Jahr alles beachten mussten. Also weitersuchen. Plötzlich stutzte Katharina. Ein Ordner hieß Wolfgang und ich. Sie zögerte. Sollte sie sich den Inhalt anschauen oder schnüffelte sie damit Kai hinterher? Dann siegte doch die Neugierde und Katharina öffnete den Ordner. Auch hier hatte Kai viele Unterordner angelegt und Katharina schaute sich die Namen an. Dann klickte sie auf den Ordner Fotos.

Wie zuvor erschienen neue Ordner. Kindheit, Mama, Weihnachten, Party, Urlaub mit Wolfgang und Irmgard. Das war Wolfgangs geschiedene Frau. Sie hatte Irmgard allerdings nicht kennengelernt. Gemeinsame Projekte war der Name eines weiteren Ordners, der Katharinas Interesse weckte. Sie klickte darauf. Mehrere Unterordner. Projekt 1, 2, 3 und so weiter. Katharina runzelte die Stirn.

Das hier hatte sicher nichts mit der Hochzeit zu tun. Außerdem ging es sie nun wirklich nichts an, welche Projekte Kai und sein Bruder gemeinsam entwickelt hatten. Wolfgang war ein intelligenter Mann gewesen. Eigentlich von allen unterschätzt, wie sie im Nachhinein wusste. Ein Tüftler, der unglaublich grausame Apparaturen entwickelt und gebaut hatte, um Menschen damit umzubringen. Katharina spürte, wie sie eine Gänsehaut bekam, als sie daran dachte. Trotzdem führte sie den Mauszeiger zu Projekt 4 und klickte.

Das Fenster, das sich öffnete, zeigte eine Art Blaupause. Ein Konstruktionsplan oder etwas Ähnliches. Sieht nicht nach Hochzeitsplänen aus dachte Katharina und schloss den Ordner wieder. Aber wo war die Hochzeitsliste abgespeichert? Sie manövrierte zurück zum Startmenü und las noch einmal die Unterschriften. Da war nichts, was mit ihr, ihrem gemeinsamen Privatleben, geschweige denn Hochzeitsvorbereitungen zu tun haben könnte. Vielleicht hatte Kai die Liste in irgendeinem Ordner abgelegt, wo sie überhaupt nicht hingehörte. Vielleicht ...

Katharina riss die Augen auf. Das konnte nicht sein. Sie hatte sich bestimmt getäuscht. Hektisch öffnete sie einen nach dem anderen Ordner, bis sie endlich wieder bei Projekt 4 angelangt war. Ihre Hand zitterte, als sie die Maus über das Ordnersymbol schob und darauf klickte. Als sich erneut die Blaupause öffnete, stierte Katharina auf die Konstruktion, der sie eben noch kaum Beachtung geschenkt hatte. Speichel sammelte sich in ihrem Mund. Sie schluckte. Die hier abgebildete Apparatur war ihr schon einmal begegnet. Sie hatte mit ansehen müssen, was sie anrichtete.

Die Nägel, das Blut ...

Herbert Bartinek war durch diese Höllenmaschine einen qualvollen, langsamen und schrecklichen Tod gestorben. Katharina würgte. Ihr war kalt, aber sie hatte gleichzeitig das Gefühl zu verbrennen. Wie ferngesteuert blätterte und klickte sie sich immer weiter durch den Ordner, dessen Inhalt sie an den Rand des Erträglichen brachte.

Sie hörte weder Ella, die an der Tür kratzte, noch ließ sie einen Gedanken zu, der das Unfassbare in Silben, Worte, Sätze verwandeln und somit greifbar und realistisch machen könnte. Nachdem sie auch den letzten Ordner geöffnet und wieder geschlossen hatte, griff sie mit steinerner Miene zum Telefon.

„Frank, hier ist Katie. Es ist ... ihr müsst sofort kommen. Ich habe Beweise ... Die Morde ... Es war nicht nur Wolfgang ..."

„Katie? Was ist los? Hallo?"

Mit unbewegtem Gesichtsausdruck legte sie den Hörer zurück auf die Ladestation. Dann stand sie auf und trat in den Flur, wo Ella auf sie gewartet hatte und aufgeregt an ihr hochsprang. Katharina richtete den Blick nicht auf den Hund und sprach kein Wort. Sie stieg die Treppe hinunter, griff nach der Hundeleine und legte Elle ihr Halsband an.

Anschließend öffnete sie die Haustür und ging hinaus. Ella stürmte an ihr vorbei und rannte begeistert Richtung Waldweg. Katharina beachtete den Hund nicht. Sie stand nur da, hielt die Leine in der rechten Hand, die auf der Höhe ihrer Brust

gewöhnen. Bis heute Abend dann! Passen Sie, äh … Lass es langsam angehen."
Katharina lächelte gequält.
„Mach ich. Bis heute Abend."

***

Mit klopfendem Herzen umklammerte Katharina das Lenkrad des Wagens und starrte hinüber zu dem Haus, das sie noch bis vor kurzem mit Kai bewohnt hatte. Ihr Blick wanderte über die Eingangstür hinüber zu dem Garagentor, das immer noch schief in den Angeln hing. Ein wehmütiges Lächeln glitt über ihr Gesicht. Das wäre das nächste Projekt gewesen, das sie angehen wollten. Nach der Hochzeit …
Ihr Gesichtsausdruck verhärtete sich und sie zog scharf die Luft ein. Aus. Vorbei. Das alles gehörte der Vergangenheit an. Einer Vergangenheit, die sie krank gemacht und in die Klinik gebracht hatte. Aber vielleicht war es gut so. Sie musste endlich lernen, sich den Tatsachen zu stellen.
Sie hatte sich in so vielem getäuscht. Täuschen lassen.
Der Klinikaufenthalt war bitter nötig gewesen.
Dort drüben vor der Haustür war sie zusammengebrochen. Konnte nicht mehr denken, nicht mehr fühlen und handeln. Ein Zombie. Ihre Kollegen hatten sie ins Krankenhaus gebracht und von dort aus war sie in die Klinik von Dr. Denbergen verlegt worden. Vor mehr als zwei Monaten. In den vergangenen Wochen musste sie hart an sich arbeiten. Sie gab sich anfangs kaum Mühe, aus dem tiefen Loch, in dem sie saß, wieder herauszukommen. Das war einfacher als der grausamen Wahrheit ins Auge zu blicken. Dr. Denbergen und auch Schwester Beate waren sehr behutsam, aber auch konse-

quent mit ihr umgegangen und konnten sie nach und nach davon überzeugen weiterzumachen. Katharina biss sich auf die Unterlippe. Dies hier war aber viel schwieriger als sie es sich ausgemalt hatte. Die Vorstellung, ihr Haus wieder zu betreten, machte ihr Angst. Während der Zeit in der Klinik war sie von allem abgeschirmt gewesen, wollte keine Besucher empfangen, niemanden sehen und auch nichts hören. Vielleicht war das ein Fehler gewesen, denn nun saß sie hier und wusste nicht, was nach ihrer Einweisung alles passiert war. Was war mit Kai? Der Mann, den sie so sehr liebte, war ein Psychopath, ein Lügner, ein Mörder. Katharina merkte, dass sie das Lenkrad noch fester umklammerte und lockerte ihre Hände. Wie sollte es nun beruflich mit ihr weitergehen? Natürlich war auch das ein Thema in den Sitzungen mit Dr. Denbergen gewesen. Sie war Polizistin und das wollte sie auch bleiben. Aber wollte sie auch in Trier bleiben? Hier, in diesem Haus?

Sie schüttelte leicht den Kopf. Sie würde alles wegwerfen müssen, was an Kai erinnerte. Aber die Erinnerungen konnte sie nicht wegwerfen. Sie und Kai im Bett. Er war so einfühlsam, so zärtlich ...

Wie konnten die Hände, die sie gestreichelt und erregt hatten, einen Menschen töten?

Katharina schluckte, doch sie konnte nicht verhindern, dass ihr eine Träne die Wange herunterlief. „Hör auf damit!“, schalt sie sich und holte tief Luft.

Es hat keinen Sinn mehr, darüber nachzudenken. Du hast dich in ihm getäuscht, trotz deiner Ausbildung. Sie musste sich eingestehen, dass ihre Ausbildung, ihr Wissen und ihre Erfahrung ihr nicht geholfen hatten die Wahrheit zu erkennen. „Liebe macht blind. So sieht´s aus“, murmelte sie. Noch einmal holte sie tief Luft und setzte sich sehr gerade hin.

„Jetzt los, Katie! Du bist stark, sagt der gute Doktor. Mach schon!“

Mit einem schiefen Grinsen griff sie nach dem Türöffner, als sie auf der anderen Straßenseite jemanden kommen sah. Der Mann war groß und kräftig. Er trug eine graue, ausgebeulte Jogginghose und ein schwarzes Sweatshirt mit weißer Schrift. Katharina hatte ihn noch nie hier gesehen. Er wäre ihr sicher aufgefallen. Besonders sympathisch sah er nicht aus. Seine Gesichtszüge wirkten grob und unfreundlich.

Das blonde Haar trug er raspelkurz, sodass es aus der Entfernung wirkte, als habe er eine Glatze. Katharina runzelte die Stirn. Sie hatte sich nicht getäuscht. Der Hund, den der Mann an einer schweren Lederleine führte, war ein American Staffordshire Terrier. Eine Hunderasse, die hier in Rheinland-Pfalz nach dem Landesgesetz über gefährliche Hunde zu ebendiesen zählte und deren Haltung mit bestimmten Auflagen verbunden war. Außerdem gab es für diese Hunde eine Maulkorbpflicht. Davon hatte der Kerl offensichtlich noch nie gehört, denn dieser Hund trug keinen. Katharina kämpfte kurz mit sich, dann siegte die Polizistin. Sie stieg aus und ging dem Mann entgegen.

„Entschuldigen Sie bitte. Sie führen hier einen gefährlichen Hund ohne Maulkorb. Dürfte ich bitte einmal ihren Ausweis sehen?“

Der Mann schaute sie von oben herab an und meinte gedehnt: „Wer will den sehen?“

Katharina griff automatisch an ihre Jacke, als ihr bewusst wurde, dass sie ihre Dienstmarke nicht bei sich trug. Mist! Da war der Gaul wohl mit ihr durchgegangen.

„Ich bin Polizeibeamtin außer Dienst und ich möchte Sie bitten, sich auszuweisen.“

Der arrogante Zug um seinen Mund vertiefte sich.
„So, so. Und ich möcht, dat du mich vorbei lässt. Alles klar?"
„Dieser Hund muss laut Gesetz einen Maulkorb tragen, wenn Sie mit ihm auf öffentlichen Wegen unterwegs sind. Falls Sie dies nicht veranlassen, handelt es sich um eine Ordnungswidrigkeit, die geahndet wird."
Katharina schwitzte. Sie fühlte sich hilflos und war ärgerlich über ihre spontane Reaktion.
Das wollte sie sich aber auf keinen Fall anmerken lassen und redete deshalb weiter.
„Nach dem Landesgesetz über gefährliche Hunde, Paragraph 4 und Paragraph 5 muss der Hund gechipt sein und Sie sind verpflichtet, eine Haftpflichtversicherung für Ihr Tier abzuschließen. Das werde ich überprüfen lassen."
Zumindest glaubte der Hundebesitzer jetzt, dass Katharina Ahnung von dem hatte, was sie da sagte, denn der überhebliche Gesichtsausdruck verschwand. Jetzt sah der Kerl eher wütend aus.
„Weißt de wat?", zischte er.
„Ich geh jetz einfach weiter und du lässt mich in Ruhe. Dann lassen wir dich auch in Ruhe, nich wahr, Tyson? Ist doch ne faire Lösung, oder?"
„Falls das eine Drohung gewesen sein sollte, wäre das nicht nur eine Ordnungswidrigkeit. Wohnen Sie hier?"
„Nen schönen Tach noch!"
Damit ging der Mann einfach an ihr vorbei und ließ sie stehen.
Katharina spürte, wie die Wut in ihr hochstieg.
„Wir sprechen uns noch!", rief sie dem Typen hinterher und ballte die Fäuste. Dieser Mistkerl. Dieser blöde Depp.
„Arschloch", murmelte sie und musste auf einmal grinsen.
Tyson ... Was für ein Klischee. Sie lachte leise und fühlte sich

Daniels Stimme brach und Katharina erkannte, dass sie nicht die Einzige war, die unter der Situation litt. Sie drückte Daniels Hand und sein dankbarer Blick tat ihr gut.
Daniel hatte auch mit Frank und Hans-Walter gesprochen. Sie schickten ihr die besten Grüße und er sollte ihr von ihnen ausrichten, dass sie dringend gebraucht wurde, um endlich wieder die Berichte zu schreiben und sie sich so schnell wie möglich wieder zum Dienst melden solle.
Katharina musste lächeln, als sie dies hörte. Ihre Kollegen hassten es, Berichte in schriftlicher Form zu verfassen und fanden daher immer neue Gründe, um ihr freundlicherweise diese ungeliebte Tätigkeit abzutreten. Ihr machte das nichts aus, aber die armen Kollegen würden in den letzten Wochen sicher sehr gelitten haben.
„Sie müssen sich wohl noch etwas gedulden. Die beiden nächsten Wochen bin ich noch krank geschrieben. Danach werde ich erst einmal eine vierwöchige Wiedereingliederungsmaßnahme durchlaufen müssen, hat mir meine Versicherung mitgeteilt. Nur drei Tage die Woche und höchstens vier Stunden pro Tag."
„Möchtest du denn so bald schon wieder arbeiten?", fragte Kim zaghaft.
„Du meinst, ob ich es nervlich schaffe?", wollte Katharina wissen. Kim nickte und wurde ein wenig rot.
„Keine Ahnung", bekannte Katharina, „aber ich werde es versuchen."
„Das ist gut, Katie. Du wirst dich bestimmt schnell wieder zurechtfinden, da bin ich mir ganz sicher."
Daniel stand auf. „Wir wollen dir noch etwas zeigen, bevor wir fahren, nicht wahr, Kim?"
Seine Freundin nickte etwas unsicher und Katharina runzelte die Stirn.

„Was habt ihr angestellt?“
„Wirst du gleich sehen, oder warst du schon oben?“
Katharinas Herz klopfte sofort etwas schneller, als sie an Kais Zimmer dachte.
„Nein, ich hab mich davor gedrückt. Aber mit euch zusammen wird es sicher nicht ganz so schlimm.“
Daniel grinste und hakte sich bei ihr unter.
„Dann komm mal mit!“
Sie stiegen die Treppe hinauf und Katharina spürte, wie sich ihr Atem beschleunigte. Gleich würde sie die Dinge sehen müssen, die Kai zurückgelassen hatte. Seine Sachen, seine Kleider, sein After Shave ...
Daniel fackelte nicht lange, sondern stieß schwungvoll die Tür auf und schob Katharina hindurch.
Sie riss die Augen auf und hielt den Atem an.
Das Zimmer war komplett leer. Es war noch nicht einmal ein Regal oder Stuhl darin. Nichts. Fassungslos drehte sie sich einmal im Kreis und schaute sich um.
„Das meiste hat die Polizei mitgenommen. Computer und so. Um den Rest haben wir uns gekümmert. Kim und ich.
Von ihm ist nichts mehr da. Dafür haben wir gesorgt.“
„Du meinst auch im Bad? Seine Kleider? All seine Sachen?“
Katharina konnte nicht glauben, was sie da hörte.
„Ich denke, wir waren ziemlich gründlich, nicht wahr, Schatz?“
Kim nickte. Ihr war die Situation sichtbar peinlich.
„Oh Mann!“, Katharina stieß hörbar die Luft aus. „Ich danke euch! Davor hatte ich die meiste Angst. Ihr seid meine Helden.“
Damit drückte sie die erleichterte Kim fest an sich und umarmte auch Daniel. Einerseits stimmte natürlich das, was sie sagte. Andererseits ...
„Daran muss ich mich erst einmal gewöhnen. So leer war das

Zimmer nicht einmal, als wir das Haus gekauft haben.“
„Da ist noch etwas“, sagte Kim leise.
Katharina runzelte die Stirn.
„Was meinst du?“
Daniel räusperte sich. „Wir haben ja ab und zu den Briefkasten gelehrt. Da kam etwas für dich. Persönlich. Von Kai. Der Polizei haben wir nichts davon erzählt, denn wir glauben nicht, dass sie etwas davon wissen sollten. Aber das kannst du dann selbst entscheiden.“
Augenblicklich brach Katharina der Schweiß aus.
Was hatte Kai geschickt? Was meinte Daniel damit?
„Ich hab es unten in meiner Tasche“, sagte Kim.
„Dann lass uns runtergehen“, meinte Katharina ruhiger als ihr zumute war.
In der Küche angelangt, kramte Kim in ihrer überdimensionierten ledernen Shoppertasche herum und zog nach einer Weile einen weißen Briefumschlag heraus.
„Bitte.“
Wie ferngesteuert griff Katharina nach dem Umschlag und starrte auf den Absender.
Ein Notarbüro in Saarburg. Im Auftrag von Kai Treber. Mit zitternden Händen öffnete sie den Umschlag, der einen weiteren enthielt.

Für Katharina
Persönlich

stand in Kais Handschrift darauf. Katharinas Atem ging schneller. Was konnte so persönlich sein? Was hatte er sich noch alles in seinem kranken Wahn einfallen lassen?
„Ich kann das jetzt nicht“, stieß sie hervor.

„Selbstverständlich“, beeilte sich Daniel zu sagen, „was haltet ihr beide von einem Spaziergang?“

***

Es war schon nach 18 Uhr, als Katharina Daniel und Kim verabschiedete und sich noch einmal für ihre Hilfe bedankte. Ella war wie immer um sie herumgesprungen und begeistert hinter den Fichtenzapfen und Stöcken hergerannt, die sie ihr zuwarfen. Nun war die Hündin zufrieden und lag, leise schnaufend, in ihrem Körbchen. Ella hat bestimmt schöne Träume, dachte Katharina ein wenig neidisch. Der Briefumschlag lag vor ihr auf dem Küchentisch. Bisher hatte sie nicht den Mut gefunden, ihn zu öffnen. Sie starrte auf Kais Nachricht. Persönlich. Wollte sie überhaupt wissen, was dieser Mann ihr mitzuteilen gedachte? Zufällig sah sie auf die Uhr. Höchste Zeit. Sie sprang auf, griff nach dem Briefumschlag und legte ihn oben auf den alten Küchenschrank. Gleich würde Beate kommen. Das verschaffte ihr noch etwas mehr Zeit, bevor sie sich entscheiden musste, ob sie den Umschlag öffnen wollte oder nicht. Schnell nahm sie den Blätterteig, den Käse und den Schinken aus dem Kühlschrank und bereitete einen kleinen Imbiss für Beate und sich vor. Es war wirklich sehr nett von ihr herzukommen. Außerdem hatte Katharina dadurch erst einmal so viel um die Ohren, dass sie nicht wirklich zum Nachdenken kam. Gut so! Sie schob die Blätterteigtaschen in den Backofen und ging ins Bad, um sich noch ein wenig frisch zu machen.

***

Ella mochte Beate auf Anhieb und schleppte ihr jedes Spielzeug vor die Füße, dessen sie habhaft werden konnte. Auch Beate hatte sich sofort in Ella verliebt und bot schon nach kurzer Zeit spontan an, gerne einmal nach dem Hund zu schauen, falls Not am Mann sei.

„Ella wickelt fast jeden um den kleinen Finger", erklärte Katharina und fühlte sich in Beates Gegenwart unverkrampft und wohl. Schließlich wusste Beate genau, was sie durchgemacht hatte, und Katharina musste sich vor ihr nicht verstellen.

„Möchtest du ein Glas Wein?", fragte sie, nachdem beide den Hund ausreichend bespaßt hatten.

„Gern. Aber nur, wenn du ein Gläschen mittrinkst. Du nimmst ja keine starken Medikamente mehr. Also?" Beate zwinkerte ihr zu.

„Stimmt. Nur noch ein leichtes Schlafmittel für den Notfall. Da könnte ich mir einen Schluck genehmigen, nicht wahr?"

„Ein Glas Rotwein hat den gleichen Effekt, glaub mir. Es macht schön müde und außerdem ist es viel natürlicher."

Katharina lächelte und griff nach einer Flasche Merlot, die schon auf der Anrichte bereit stand.

***

Lange nachdem Beate gegangen war, saß Katharina noch immer in der Küche und starrte auf den Briefumschlag. Sie hatte Beate davon erzählt und ihr auch ihre Ängste anvertraut. So viele Gedanken waren ihr durch den Kopf geschossen. Würde sie ihr Leben jemals wieder auf die Reihe bekommen? Wieder liefen ihr Tränen über die Wangen. Es gab so vieles, um das sie weinen wollte. So viel hatte sie verloren. Würde sie es trotz all dem schaffen, sich ein neues Leben aufzubauen?

Hatte sie genügend Kraft dafür? Wollte sie hier bleiben oder fortgehen? Wohin sollte sie gehen? Koblenz? Was hielt sie hier noch? Die Arbeit? Sie lachte bitter. Dann aber richtete sie sich auf und zog die Nase hoch. Sie wischte sich mit dem Ärmel über die Augen. Bevor das alles passierte, war ihr Leben gut gewesen. Eigentlich perfekt. Sie lebte gerne hier. Sie würde sich das nicht auch noch durch Kai kaputtmachen lassen.
„Ich werde nicht davonlaufen!", sagte sie laut und bestimmt.
„Ab jetzt nimmt mir nie wieder jemand etwas weg."
Mit einer entschlossenen Bewegung griff sie nach dem Briefumschlag und riss ihn auf.
Er enthielt einen Brief und Katharina las:

Hallo, Katharina,

wenn du diese Zeilen liest, bin ich entweder verhaftet oder tot. Wenn das so ist, war ich wohl doch nicht so schlau, wie ich dachte, und habe es nicht besser verdient. Du aber schon.
Ich war nicht immer ehrlich zu dir und das tut mir leid. Bitte, glaube mir und hasse mich nicht zu sehr.
Bei meinem Notar wirst du eine Mappe mit Dokumenten erhalten. Mit diesen Dokumenten bist du ab jetzt die alleinige Besitzerin des Hauses. Ich werde dafür sowieso keine Verwendung mehr haben. Mach damit, was du willst.
Ich hoffe, dass du mir irgendwann verzeihen kannst und ich wünsche dir, dass du glücklich wirst.

Kai

Langsam ließ sie den Brief auf die Tischplatte sinken.

Es war fast so, als hätte Kai gewusst, wie sie sich gerade fühlte und welche Ängste sie haben würde.
„Das wusste er auch“, murmelte sie.
Er kannte sie gut. Offensichtlich viel besser als sie ihn.
Während Katharina wieder und wieder die Zeilen las, spürte sie, wie sich etwas in ihrem Inneren löste. Eine schwere Last schien von ihr abzufallen und sie gestand sich endlich ein, wie sehr sie die Frage nach dem „Was wird aus mir“ bedrückt und verunsichert hatte.
Ella kam und legte ihr den Kopf auf den Oberschenkel.
„He, mein Schätzchen. Wir beide werden hierbleiben. Gut, nicht?“
Der Hund legte den Kopf schief, so als wolle er ihr genau zuhören.
Katharina lächelte.
„Du und ich, wir schaffen das schon. Darauf lass uns anstoßen.“
Mit diesen Worten griff Katharina nach dem Weinglas, an dem sie den ganzen Abend über nur ein wenig genippt hatte.
Sie prostete Ella zu und nahm einen tiefen Schluck.
In dieser Nacht schlief sie tief, fest und traumlos.

Kapitel 3

Verdammte Scheiße! Warum imma mein Mädchen? Die zieht sowat an, wie 'n Magnet. Und dann sitzt se widda da: Hilflos, am Boden zerstört und völlich feddich. En Häufchen Elend. Doch zum Glück hat se ja mich. Ich werd 's widda mal für se gradebiegen. Ich werd die Angelegenheit für se regeln – wie imma. Dafür bin ich schließlich da.
Ich bin ihr Beschützer, ihr Verteidiger, ihr Schutzengel. Ich werd se vor allem Schlechtem bewahren. Mit Zähnen und Klauen. Wenn et sein muss, auch gegen ihren Willen. Mit Gewalt, wenn et sein muss. Und diesmal is et nötich! Der schmierige Typ wird et noch bereuen, jemals Hand an se gelecht zu haben.
Ich weiß, wat in ihr vorgeht. Wat se durchgemacht hat. Aber se muss keine Angst haben! Ich bin für se da. Ich werd über se wachen, meine schützende Hand über se halten. Auch wenn se nix davon weiß ...
Ich schau mir ihre Fotos an. Mein Mädchen. Mein Püppchen. Se sieht so zart, so anlehnungsbedürftich aus. Nach außen gibt se de Starke. Klar. Schließlich muss se sich in ner Männerwelt behaupten. Aber ich kenn se besser. Ganz am Anfang hab ich et noch aufe humane Art versucht. Ihr erster Freund zum Beispiel. Wenn man den überhaupt so nennen kann. Wie se den vergöttert hat, diesen Arno! Und wat macht der Blindgänger? Hat se behandelt wie Dreck. Hat tagelang nix von sich hören lassen. Is lieber mit seinen Kumpels durch de Kneipen gezogen. Hat vor denen damit angegeben, wat für 'n toller

Hecht er wär. Mit anderen Weibern hat er rumgemacht. Er hat mein Mädchen betrogen. Aber den hab ich mir damals gegriffen. Der is mit dem Mopped imma den kurzen Waldwech langgefahren. Dat gespannte Seil hat er in der Dunkelheit nich gesehn. Ich muss noch heut über sein dämliches Gesicht grinsen, als et den plötzlich von der Kiste gehaun hat.
Kurzer Tritt gegen de Birne und schon gingen bei dem de Lichter aus. Mitem Seil hab ich ihn dann an ′nen Baum gebunden und gewartet, bis er widda wach war. Dann hab ich ihm gesacht, wat ich von ihm halt. Dat er et sich in Zukunft besser zweimal überlegen soll, wenn er Frauen wie Scheiße behandelt. Dat einem im Leben imma irgendwann de Rechnung präsentiert wird und dat jetz sein Tach gekommen is. Mann, hab ich dem die Fresse poliert! Und meine Süße hab ich auch mal rangelassen. Am Schluss hat er nur noch leise gewinselt. In die Hose hat der sich gepullert. So ′n Jammerlappen.
Wat se damals an dem gefunden hat, frach ich mich heut noch. Am nächsten Tach haben Spaziergänger den gefunden und ins Krankenhaus gebracht. Seine Eltern haben Anzeige gegen Unbekannt erstattet. Meine Warnung hat der sich aber zu Herzen genommen, denn in der Zeitung stand nur, dat ′n junger Mann von ner Gruppe Unbekannter gefesselt und zusammengeschlagen wurd. Von nem Hund wurd auch noch gequasselt. Ja, ja, die Bisswunden am Bein. Sowat kommt vor, wenn ich meine Süße dabei hab. Na ja, die ganze Geschichte war dann schnell vorbei. Die Fotos von dem und der Brünetten, knutschend und fummelnd, war′n am nächsten Morgen ganz zufällich in ihrem Briefkasten. Se dachte dann, der Freund der Brünetten hätt′ den Arno verkloppt. Se hat dann Schluss gemacht, aber schlimm war ′s für se trotzdem. Jedenfalls hat sich der Arsch nie mehr blicken lassen.

Wie gesacht, dat war noch die humane Art. Is ja auch schon \`n Weilchen her. War noch jung un hab mich noch nich so getraut. Aber damit is Schluss!

Dat, wat sich der alte Drecksack da gestern geleistet hat, schreit nach mehr. Der hat se angetatscht, beleidicht und se behandelt, als wäre se eine von seinen Nutten.

Dat wird dem noch leid tun. Oh ja, dafür werd´ ich sorgen, weil ich, ich bin Zerberus.

Kapitel 4

Frank Saalmann öffnete die Augen. Sie fühlten sich geschwollen und verklebt an. Er drehte den Kopf und schaute auf seine Armbanduhr. Es war noch früh. Mit einem Ruck setzte er sich auf und schwang die Beine über den Rand des Sofas, auf dem er unter einer rostbraun karierten Decke gelegen hatte. Er stützte seine Ellbogen auf den Oberschenkeln ab und vergrub das Gesicht in den Händen. Schnaufend atmete er aus. Dann fuhr er sich mit den Fingern durch die Haare.

„Oh Mann", murmelte er und stand auf. Er streckte die Arme zur Seite aus und bemerkte, wie verspannt er war. Fahrig rieb er sich über das Gesicht. Deutlich spürte er die Bartstoppeln, die dort wucherten. Frank betrachtete das Zimmer, in dem er sich befand. Neben dem Sofa gab es hier im Aufenthaltsraum der Dienststelle noch einen Tisch mit sechs Stühlen und eine Miniküche mit Kaffeeautomat und Mikrowelle. Im Kühlschrank hatte er letzte Nacht noch eine fast volle Flasche Roséwein gefunden. Die lag jetzt leer neben dem Sofa. Ebenso wie seine Kleidung und seine Schuhe. Frank schluckte. Er musste unbedingt die Zähne putzen. Er hatte doch sein Waschzeug eingepackt, oder?

Sein Blick glitt zum Tisch hinüber und er atmete auf. Dort stand die Sporttasche, in die er das Nötigste gestopft hatte, bevor er von zu Hause losgefahren war. Zu Hause ...

Frank schluckte erneut. Was hatte er sich nur dabei gedacht? Es war ein Fehler gewesen. Und es war alleine seine Schuld. Er hatte es darauf angelegt und jetzt bekam er die Quittung dafür. Er biss die Zähne aufeinander. Er würde versuchen, alles wieder in Ordnung zu bringen. Schon allein Pauls wegen. Tränen stiegen ihm in die Augen. Er griff nach seiner Jeans und zog sich an. Dann legte er die Sofadecke zusammen und steckte die leere Weinflasche in den Mülleimer. Er würde eine neue besorgen. Nachdem er sich seine Jacke über den Arm gelegt und die Sporttasche vom Tisch gehoben hatte, öffnete er die Tür und spähte in den Flur. Er wollte nicht gesehen werden. Zum Glück war niemand zu entdecken und Frank schlüpfte aus dem Aufenthaltsraum, um sich auf den Weg zur Toilette zu machen. Gerade als er um die Ecke biegen wollte, vernahm er hinter sich eine wohlbekannte Stimme.

„Morgen, Frank. Du bist aber früh dran."

Frank stöhnte leise auf. Ausgerechnet Hans-Walter. Langsam drehte er sich um und schaute seinem Kollegen entgegen.

„Mann, siehst du scheiße aus."

Hans-Walter nahm selten ein Blatt vor den Mund und hatte in der ganzen Zeit, die sie nun schon zusammen arbeiteten, niemals auf Franks Ermahnungen, eine anderen Wortwahl zu benutzen, gehört.

Frank seufzte. Es hatte wohl keinen Sinn, Hans-Walter etwas vorschwindeln zu wollen. Er nickte fahrig.

„Wir reden gleich im Büro. Ich werde mich erst einmal etwas frisch machen, okay?"

„Hast du auch dringend nötig, glaub mir", konstatierte Hans-Walter mit einem süffisanten Grinsen. „Bin auf deine Story echt gespannt."

„Pah", sagte Frank und wandte sich ab.

***

Eine halbe Stunde später befanden sich Hans-Walter und Frank in ihrem gemeinsamen Büro. Hans-Walter saß vor Franks Schreibtisch, Frank ihm gegenüber. Zwischen den beiden standen zwei dampfende Becher mit Kaffee, den Hans-Walter zwischenzeitlich aufgebrüht hatte. Auch ein belegtes Brötchen aus der Kantine stand auf einem Pappteller bereit. Frank war rasiert und sah nun einigermaßen passabel aus. Nur die dunklen Augenringe trübten das Bild. Die Nacht war kurz und unbequem gewesen.

„Jetzt lass mal hören!" Hans-Walter platzte fast vor Neugierde.

„Das kannst du dir doch sicher schon denken."

Frank griff nach seinem Kaffeebecher und nahm einen vorsichtigen Schluck.

„Heike hat mich gestern vor die Tür gesetzt."

„Wow!" Hans-Walter machte große Augen.

„Hab doch schon immer gesagt, dass du keine Ahnung von Frauen hast."

„Komm, lass gut sein! Ist schon alles bescheiden genug. Da brauche ich nicht auch noch deine blöden Ratschläge."

„Was heißt hier blöde? Scheinbar hatte ich doch recht, oder?"

Frank atmete geräuschvoll ein und schaute Hans-Walter drohend an.

„Schon gut. Schon gut. Darf ich auch den Grund für diesen Rausschmiss erfahren?"

„Warum nicht", Frank ließ resigniert den Kopf hängen.

„Sie hat herausbekommen, dass ich ein Verhältnis habe."

Jetzt war Hans-Walters Überraschung echt. „Im Ernst? Du?", fragte er ungläubig.

Frank stellte den Becher so schwungvoll auf die Tischplatte zurück, dass einige Tropfen Kaffee darauf landeten.

„Ja ich. Stell dir vor."

„Das versuche ich ja gerade und, glaub mir, es fällt mir nicht leicht. Wer ist die Unglückliche?"
„Das geht nur mich was an. Und außerdem reicht es jetzt mit deinen beleidigenden Bemerkungen."
Hans-Walter sah scheinbar ein, dass er zu weit gegangen war und ruderte zurück.
„Schon gut. Ich höre auf damit. Was willst du jetzt machen? Du kannst schließlich nicht jede Nacht hier im Büro verbringen, oder hattest du das vor?"
„Nein, das hatte ich nicht vor. Ich weiß nicht so genau. Aber ich werde das alles wieder in Ordnung bringen. Meine Familie bedeutet mir sehr viel, verstehst du?"
„Klar, verstehe ich das. Typisch Midlife-Crisis, glaub mir. Und du willst das Verhältnis also beenden?"
„Hätte ich längst tun sollen. Ach, ich weiß auch nicht."
Frank griff erneut nach dem Kaffeebecher und nahm einen Schluck.
„Du solltest was essen. Dann denkt es sich besser", schlug Hans-Walter vor und schob den Pappteller mit dem Brötchen in Franks Richtung.
Frank nickte nicht wirklich überzeugt, griff aber danach.
„Und was deine Unterbringung betrifft ..."
Hans-Walter räusperte sich.
„Ich kann dir ein Zimmer in meinem Haus anbieten."
Frank hob den Kopf.
„Ist das dein Ernst?"
„Es ist jedenfalls nicht mein Emil. Und jetzt guck nicht so blöd. Wir sind schließlich Kollegen. Du würdest mir doch auch helfen, wenn es anders herum wäre", brummte Hans-Walter ungnädig.
Frank schob die Unterlippe nach vorne.

„Du bietest mir also an, für einige Nächte bei dir zu Hause übernachten zu können?“
„Ja, Frank. Das sagte ich.“
„Und ich kann bleiben, bis meine Situation wieder geregelt ist?“
„Wenn du das innerhalb einer erträglichen Frist schaffst. Ja, klar!“
Frank grinste schief.
„Das ist echt nett von dir.“
„Jetzt fall mir bloß nicht um den Hals, sonst krieg ich die Pocken.“
Mit diesen Worten rollte sich Hans-Walter mit seinem Bürostuhl zu seinem Schreibtisch und blätterte in den Akten, die sich dort stapelten.
„Erzählst du Katie auch davon?“, wollte er wissen.
„Sollte ich wohl, oder?“, antwortete Frank. „Sie kriegt es doch sowieso raus.“
Hans-Walter knurrte zustimmend.
„Das lenkt sie vielleicht von ihrer eigenen Scheiße ab, vermute ich.“
Frank verdrehte die Augen, doch Hans-Walter sprach unbeirrt weiter.
„Sie hat sich erstaunlich gut gefangen. Findest du nicht? Nach allem, was sie durchgemacht hat, hält sie sich doch super, oder?“
„Ja, tatsächlich. Ich war wirklich überrascht, dass sie so schnell wieder zum Dienst erscheinen wollte. Ich dachte, sie würde nach dem Klinikaufenthalt noch länger zu Hause bleiben. Aber ihr waren die zwei Wochen Krankenschein schon zu viel. Gut, dass sie wieder im Team ist.“
„Oh Mann!“

Hans-Walter schlug sich gegen die Stirn und sprang auf.
„Hirnverkackte Scheiße!"
Frank verzog das Gesicht.
„Was ist los?"
„Wie spät ist es?", fragte Hans-Walter statt einer Antwort.
Frank schaute auf seine Armbanduhr.
„Fast neun. Was ist denn?"
„Katie kommt doch gleich und du wolltest einen Blumenstrauß zur Begrüßung besorgen. Erinnerst du dich?"
„Mist!"
Hans-Walter machte ein erstauntes Gesicht. Das war an Schimpfwörtern schon das höchste der Gefühle für Frank.
„Ich wollte auf dem Weg ins Büro noch schnell bei einem Blumenladen vorbeifahren, nicht?",
„Ja, wolltest du, Frank."
„Das hab ich bei all dem Durcheinander wohl einfach vergessen", gab dieser zerknirscht zu.
„Egal."
Hans-Walter war zum Glück der eher pragmatische Typ.
„Ich lauf zum Nikolaus-Koch-Platz. Da ist ein Blumenladen, meine ich."
Mit diesen Worten schnappte er sich seine Jacke und mit einem:
„Bin in zehn Minuten zurück", verließ er das Büro.

***

Als Katharina kurze Zeit später den Raum betrat, saß Frank vor seinem Computer. Doch statt den Bildschirm anzuschauen, blickte er aus dem Fenster. Als Katharina die Tür hinter sich schloss, schaute er in ihre Richtung. Sein Blick war unstet und er wirkte von ihrer Anwesenheit überrascht, denn er schüttelte kurz den Kopf, bevor ein Lächeln auf seinem Gesicht erschien. „Katie!“, rief er erfreut und sprang auf.

„Endlich bist du wieder da.“

Schnell umrundete er den Tisch und umarmte sie, wie es ihr vorkam, vorsichtig und ein wenig zurückhaltend.

Er ergriff ihre Schultern, trat einen Schritt zurück und betrachtete ihr Gesicht.

„Gut siehst du aus. Wirklich gut. Und du fühlst dich wieder stark genug für dieses Irrenhaus?“

Katharina musste lachen.

„Ja, Frank. Zumindest mal halbtags. Ihr werdet mir sicher die Zeit versüßen. Wo ist der Brummbär?“

Frank ließ sie los und zeigte auf ihren Schreibtischstuhl.

„Setz dich! Hans-Walter ist noch mal kurz weg. Er müsste jeden Moment wieder hier sein.

Katharina setzte sich und schaute sich Frank genauer an.

Er sah nicht gut aus, fand sie. Seine Augen wirkten umschattet und er hatte abgenommen. Er sah erschöpft aus und Katharina fragte sich, was ihn so mitnahm. Doch sie wollte ihn nicht gleich darauf ansprechen. Vielleicht würde er es ihr von sich aus erzählen. Das wäre allemal besser als ihn mit Fragen zu löchern.

Frank dachte wohl ähnlich über sie, denn er sah sie nur an, ohne etwas zu sagen. Sie hatte sich die Situation oft genug ausgemalt und wusste, dass sie ihren Kollegen sagen würde, wie es ihr wirklich ging. Doch damit wollte sie warten, bis Hans-Walter wieder da war. Alles zweimal zu erzählen, würde ihre Kräfte übersteigen.

„Erzähl mal! Was gab es Interessantes in der Zwischenzeit?“

Für einen kurzen Augenblick verdüsterte sich Franks Blick,

bevor er ihr von der Arbeit der letzten Monate berichtete.
„Der normale Wahnsinn." Frank zuckte die Schultern und breitete die Hände aus.
„Viele Einbrüche, das muss man sagen. Es gab in den letzten Wochen eine deutliche Steigerung. Wahrscheinlich Banden aus dem Osten. Rumänien, Ungarn, aber auch eine Bande aus den Niederlanden, die Geldautomaten aufsprengt."
„Davon hab ich gelesen", nickte Katharina.
„Dann gab es einige Gewaltdelikte und auch zwei Tote."
Bei diesen Worten sah er Katharina nervös an.
„Ist schon gut, Frank", beruhigte sie ihn.
„Ich kann und will wieder arbeiten. Ich bin Polizistin und kann die Wörter Verbrechen, Mord und Totschlag hören und auch aussprechen, ohne umzufallen."
Frank grinste schief.
In diesem Moment wurde die Tür aufgestoßen und ein sehr rotgesichtiger Hans-Walter stürmte in den Raum.
Er hielt einen Blumentopf in der Hand, in dem eine rosa Orchidee heftig wippte.
„Katie!", japste er.
„Du bist ja schon da, zum Teufel."
Katharina prustete los. Sie hatte Hans-Walter und seine brummige Art wirklich vermisst und es tat gut, ihn nun wieder vor sich zu haben und seine Flüche zu hören. Sie atmete tief ein und aus und spürte, dass es richtig gewesen war, nicht länger zu warten. Hier fühlte sie sich wohl und die beiden Kerle dort waren fast so etwas wie ihre Familie.
„Hans-Walter, wie schön, dich zu sehen", sagte sie und stand auf.
Ihr Kollege beeilte sich, den Blumentopf auf dem Schreibtisch abzustellen und sie in die Arme zu schließen.

Dabei drückte er sie so fest, dass Katharina die Luft wegblieb. Nachdem er sie wieder losgelassen hatte, verpasste er ihr noch einen herzhaften Kuss auf jede Wange.
Dann schnappte er sich wieder den Blumentopf und drückte ihn ihr in die Hand.
„Hier für dich. Wir haben dich vermisst. Freu dich dran. Ich bin ganz schön weit gerannt dafür."
Katharina grinste und dankte beiden für die Blumen.
Dann war der Augenblick gekommen, vor dem sie sich einerseits gefürchtet, den sie andererseits aber auch herbeigesehnt hatte. Sie wollte offen über die letzten Monate reden. Und anschließend so viel davon, wie sie nur konnte, hinter sich lassen und nach vorne blicken.
„Weißt du was?"
Katharina schaute Frank interessiert an.
„Was?"
„Ich fange einfach mal an."
„Gute Idee", brummte Hans-Walter.
Katharina runzelte die Stirn.
„Womit willst du anfangen?", fragte sie Frank.
„Wart´s ab", flüsterte Hans-Walter und schickte Frank einen auffordernden Blick zu.
„Also", begann er. „Hans-Walter weiß es schon, denn er hat mich heute morgen aus dem Aufenthaltsraum kommen sehen. Da hab ich nämlich geschlafen. Also es ist so. Ich hatte, äh, habe ein Verhältnis und meine Frau ist dahinter gekommen und ...
Jedenfalls hat sie mich gestern Abend vor die Tür gesetzt. Ja, das war´s."
Katharina schwirrte der Kopf. Ihr ach so akkurater Chef hatte eine Affäre? Kaum zu glauben.

„Und was willst du jetzt tun?"
„Er kann eine Zeit lang bei mir pennen, bis er alles wieder ins Reine gebracht hat. Wie ist deine Frau überhaupt dahinter gekommen?", wandte sich Hans-Walter nach der kurzen Erklärung an Frank."
„Eine Freundin von ihr hat uns gesehen. Naja, den Rest kann man sich wohl denken."
„Hast du es denn nicht abgestritten?", wollte Hans-Walter wissen.
Frank war sichtlich empört über dieses Ansinnen.
„Für wen hältst du mich? Ich stehe zu den Fehlern, die ich gemacht habe. Das habe ich immer getan und das weißt du ganz genau."
„Schon gut. Schon gut."
Hans-Walter hob beschwichtigend die Hände und Katharina musste über die beiden grinsen. Es bestand eine Art Hassliebe zwischen ihnen. Sie konnten nicht wirklich mit, aber auch nicht ohne einander sein.
„He!", meldete sie sich zu Wort.
„Jetzt geht euch nicht gleich an die Gurgel! Frank, du wirst das schon hinbekommen, wie auch immer du dich entscheidest. Und wir ...", dabei schaute sie Hans-Walter eindringlich an, „wir werden deine Entscheidung akzeptieren. Stimmt's?"
Hans-Walter verdrehte kurz die Augen, nickte jedoch.
„Jetzt aber genug von mir", meinte Frank.
„Wie geht es dir mit dem Haus? Ich meine. Es ist doch bestimmt ein komisches Gefühl, dort zu sein, wo Kai ..."
„Ich krieg das schon hin, denke ich."
Katharina presste kurz die Lippen aufeinander.
„Zuerst habe ich geglaubt, ich könnte nie wieder einen Fuß in das Haus setzen, aber ich kann es. Schließlich habe ich mein

Herzblut hineingesteckt und jede Menge Geld. Es ist mein Haus und ich möchte hier bleiben.“

Die beiden Männer nickten.

„Richtig, Katie! Sei kämpferisch und lass dich nicht unterbuttern.“

Hans-Walter schüttelte die rechte Faust, um seiner Aussage Nachdruck zu verleihen.

„Außerdem“, fuhr Katharina fort, „hat mir Kai seinen Teil des Hauses überschrieben.“

„Das freut mich für dich, Katie.“ Frank war sichtlich angetan von dieser Nachricht.

„Dann hat der Dreckskerl wenigstens eine Sache richtig gemacht“, war Hans-Walters Reaktion.

„Wisst ihr was von seinem Status? Gerichtsverhandlung und so?“, wollte Katharina wissen.

Ihre Kollegen blickten sich vielsagend an.

„Also, die Gerichtsverhandlung soll in einigen Wochen beginnen. Die Beweise sind unwiderlegbar und er wird für lange, lange Zeit weggesperrt werden. Wirst du es schaffen, dort auszusagen?“

„Momentan wäre es schwierig“, gab Katharina ehrlich zu. „Aber in ein paar Wochen wird das sicher schon wieder ganz anders aussehen, denke ich.“

„Bestimmt“, beeilte sich Hans-Walter zu sagen.

„Und wenn es nicht geht, dann eben nicht. Wir sind schließlich alle nur Menschen.“

Katharina schaute ihn dankbar an.

Dann stutzte sie.

„Ist dir heiß, Hans-Walter? Du schwitzt so.“

Ihr Kollege zog mit beiden Händen am Kragen seines Hemdes. „Ehrlich gesagt“, begann er, „mir ist ein bisschen komisch.

Vielleicht sollte ich mal das Fenster …"

Er stand auf, ging einen Schritt auf das Fenster zu und brach im nächsten Augenblick zusammen.

Für einen kurzen Moment starrten Frank und Katharina entsetzt auf Hans-Walter, der bei seinem Sturz die Kaffeetasse vom Schreibtisch gefegt hatte und nun völlig regungslos mit dem Gesicht nach unten am Boden lag.

Dann kam Leben in die beiden.

„Ruf einen Krankenwagen!", schrie Katharina. Während Frank hektisch zum Telefon griff, kniete sie sich neben den Ohnmächtigen auf den Boden.

Sie beugte sich über ihn, packte ihn fest an Arm und Bein und drehte ihn auf den Rücken.

Sein Gesicht war weiß, doch die Lippen färbten sich ins Bläuliche.

Sie tastete am Hals nach seinem Puls, konnte aber nichts spüren.

Verzweifelt legte sie den Finger an eine andere Stelle, doch auch da war kein Pochen zu ertasten.

Oh Gott, bitte nicht.

Dann lief alles automatisch und wie es schien, ohne ihr bewusstes Zutun ab.

Während sie wie aus weiter Ferne Franks Stimme wahrnahm, knöpfte sie Hans-Walters Hemd auf, überdehnte seinen Kopf nach hinten und begann, ihn zu beatmen.

Kapitel 5

Stunden später saßen sich Frank und Katharina am Küchentisch in Katharinas Haus gegenüber. Nachdem sie das Krankenhaus endlich verlassen konnten, waren sie kurz ins Büro gefahren, um Franks Tasche zu holen. Katharina hatte ihm angeboten, bei ihr zu übernachten, da Hans-Walters Angebot nun nicht mehr zur Verfügung stand. Auf der Fahrt zu ihrem Haus hatten beide kaum ein Wort gesprochen. Der Schock saß tief. Hans-Walter war ein fester Bestandteil ihres Teams und er war ein Freund. Als sie ankamen, wurden sie von Ella stürmisch begrüßt und sofort zu einer ausgedehnten Gassirunde genötigt. Sie hatten keinen Einwand dagegen erhoben, sondern den Spaziergang an der frischen Luft genossen, bei dem sie ihren Gedanken nachhängen konnten, ohne dass das Schweigen unangenehm wurde. Dafür sorgte Ella, die mit aufgestellten Ohren und heftig wedelndem Schwanz um Aufmerksamkeit und ihr Bällchen bettelte.

„Ich mach uns einen Kaffee. Hast du Hunger?"

Frank nickte und antwortete:

„Kaffee wäre schön. Und wir sollten beide etwas essen, meinst du nicht?"

Frank hatte natürlich recht. Sie fühlte sich zwar nicht wirklich hungrig, aber seit Hans-Walter kollabiert war, hatten sie nicht ans Essen gedacht und das war jetzt schon eine Ewigkeit her.

„Ich könnte uns eine Pizza bestellen", schlug sie vor. „Zum Kochen habe ich, ehrlich gesagt, keine Lust."

„Gute Idee." Frank streichelte gedankenverloren Ellas Kopf.

„Sie mag dich", stellte Katharina fest und Frank lächelte erfreut.

„Du hast deine Sache übrigens wirklich gut gemacht", sagte er. Katharina stellte zwei Tassen unter den Kaffeeautomaten und das Surren des Gerätes erfüllte den Raum.

„Das wird sich zeigen", antwortete sie und schob Frank eine Tasse über den Tisch.

„Ohne dich wäre er jetzt tot", stellte Frank fest.

„Ob das für ihn gut oder schlecht war, erfahren wir erst, wenn er aufgewacht ist, richtig?" Katharina rührte in ihrem Getränk.

„Der Arzt meint, dass er es schaffen wird. Das hat er schließlich gesagt, oder etwa nicht?"

„Ja, hat er. Das heißt aber nicht, dass Hans-Walter keine Hirnschäden davonträgt."

„Der Arzt sagt, dass du zum Glück sofort mit der Reanimation begonnen hast. Deshalb hat Hans-Walter eine wirklich gute Chance."

„Wollen wir es hoffen!"

„Ein Hinterwandinfarkt. Natürlich einer von der schlimmsten Sorte. Hans-Walter macht keine halben Sachen, was?"

Katharina lächelte gequält.

„Wir hätten nichts dagegen tun können. So etwas passiert urplötzlich. Niemand konnte es ahnen", bemerkte Frank.

„Ich weiß. Ich weiß. Trotzdem wäre ich lieber bei ihm im Krankenhaus geblieben."

„Auf der Intensivstation darf man nun mal nicht so lange bleiben. Wenn er erst wieder auf einem normalen Zimmer ist, dann kannst du ja stundenlang Händchen halten."

„Klar." Katharina grinste.

„Müssten wir nicht jemanden informieren? Seine Familie oder Partnerin? Gibt es da überhaupt jemanden? Mit mir hat er

eigentlich nie über sein Privatleben gesprochen."
„Er war mal verheiratet. Ist nicht gut ausgegangen", erwiderte Frank.
„Ich weiß auch nicht, ob er eine Beziehung hat. Darüber spricht er nicht. Familie? Keine Ahnung. Von seinem Bruder hat er mir mal erzählt. Der lebt aber in den Staaten. Sie haben wohl schon seit Jahren keinen Kontakt mehr. Ich denke wir müssen abwarten, bis er wieder voll da ist und ihn fragen."
„Verstehe. Und wie geht es jetzt bei der Arbeit weiter? Ohne Hans-Walter sind wir unterbesetzt und ich komme ja auch noch nicht den ganzen Tag."
„Das entscheidet der Chef. Falls sie jemanden in petto haben wird er oder sie uns zugeteilt, bis Hans-Walter wieder auf dem Damm ist. Und du? Komm bloß nicht auf die Idee, gleich voll einzusteigen. Es nützt niemandem, wenn du dich übernimmst."
„Das gilt für dich aber auch. Du siehst ziemlich mitgenommen aus."
„Kein Wunder, oder?"
Frank presste die Lippen zusammen.
„Willst du darüber reden?"
Nach kurzem Nachdenken nickte Frank.
„Warum eigentlich nicht? Hans-Walter wollte ich nicht alles erzählen. Auf seine Sprüche über Frauenversteher konnte ich heute morgen wirklich verzichten."
„Verstehe."
„Also, es ist Vera."
„Vera wer?"
Katharina machte ein ratloses Gesicht. Sollte sie die Frau kennen, mit der Frank fremdgegangen war?
„Na, du weißt schon. Die die Fotos gemacht hat. Für die Zeitung."

„Warte mal!“, meinte Katharina.
„Etwa die Kleine mit der blonden Lockenmähne? Die mit diesem Reporter auf dem Revier war? Wie heißt er noch? Bramsbacher. Der mit dem Sprachfehler. Du meinst diese Vera?“
Frank nickte.
„Da haben wir uns kennengelernt.“
„Ab da lief schon etwas zwischen euch?“
Bevor Frank antworten konnte, klingelte sein Handy.
Es war nicht der normale Klingelton, den Katharina vom Büro her kannte. Es war ein Lied. Eine Melodie, die Katharina bekannt vorkam.
„Ja?“ Franks Stimme klang angespannt.
„Was ist denn? Beruhige dich erst einmal! Ja, ich komme. Ja. Ich bin gleich da.“
Er legte auf und Katharina sah ihn fragend an.
„Es war Vera. Sie hat irgendwo in der Wohnung Geräusche gehört und macht sich Sorgen. Sie ist immer überängstlich. Ich bin nicht lange weg.“
„Möchtest du einen Schlüssel haben, falls es doch später wird?“, fragte Katharina
„Du willst mir einen Schlüssel für dein Haus überlassen?“
Katharina musste grinsen. Die Angewohnheit ihres Chefs, alles zu wiederholen, war zwar nervig, aber auch sympathisch.
„Ja, Frank. Du kannst einen Schlüssel haben, solange du hier wohnst.“
Kurze Zeit später verklang das Brummen des Automotors und Katharina war allein.
Versonnen trat sie ans Fenster und schaute hinaus.
Ein Stück die Straße hinunter stand ein Wagen. Es war ein großer, weißer SUV. Ihre Nachbarn hatten sich offensichtlich

Mit diesen Worten legte er auf. Den Blick, den er Katharina zuwarf, kannte sie nur zu gut. Daher überraschten sie seine nächsten Worte nicht wirklich.
„Man hat eine Leiche gefunden."
„Super!", brach es aus dem neuen Kollegen heraus.
Franks tadelnden Blick nahm er offensichtlich nicht wahr. „Wann geht es los?"
Ohne ihn weiter zu beachten, wandte sich Frank an Katharina und erklärte die Sachlage.
„Es ist ein alter Steinbruch in der Nähe der B 268. Der Dauerdienst hat schon alles abgesperrt. Könnte ein Unfall gewesen sein, aber sie sind sich nicht sicher, weil die Leiche atypische Merkmale auf..."
„Ist die Spurensicherung schon da?", platzte der neue Kollege dazwischen.
„Unterbrechen Sie mich gefälligst nicht!" Franks Reaktion war barsch und untypisch aggressiv. So kannte ihn Katharina eigentlich nicht. Es schien ihm wirklich nicht gut zu gehen.
„Lass uns fahren", schlug sie vor, um die Situation zu entspannen.
„Gut", antwortete Frank. „Du fährst."

***

Die Fahrt zum Fundort verlief schweigend. Frank saß neben Katharina und schaute konzentriert nach vorne. Seine Gesichtsmuskulatur arbeitete, doch er sagte kein Wort. Vielleicht würde er ihr heute Abend erzählen, was vorgefallen war. Auf der Rückbank des Wagens war Elmar Schock, den Katharina mittlerweile in Schockschwerenot umbenannt hatte, damit beschäftigt, sein Smartphone zu malträtieren. Er kam sich offenbar sehr wichtig vor. Wahrscheinlich hielt er sich schon für den Chefermittler. Doch Katharina hatte seine abgekauten Fingernägel gesehen und seinen Tick, das Band der Armbanduhr einmal nach rechts und dann wieder in die andere Richtung zu drehen, bemerkt. Mister Schock war wohl nicht ganz so cool, wie er erscheinen wollte.

Sie fuhren aus der Stadt hinaus und in Richtung saarländische Grenze. Hier kannte sich Katharina recht gut aus, denn es gab überall in der Gegend schöne Wanderwege, sogenannte Traumschleifen. Gemeinsam mit Kai und Ella war sie des Öfteren unterwegs gewesen und ...

Mist! Jetzt hatte sie wieder einmal den Gedanken an Kai zugelassen. Meist vermied sie dies ganz bewusst. Es tat ihr nicht gut, an ihn und die besseren Zeiten zu denken. Aber es stimmte. Die Wanderungen waren schön. Jedes Mal fühlte es sich wie ein kleiner Urlaub an, wenn sie bei sonnigem Wetter einige Stunden in der herrlichen Landschaft unterwegs waren. Unwillig schüttelte sie den Kopf. Nicht daran denken!

„Hier musst du gleich abbiegen!“ Frank deutete nach links.

Katharina war dankbar für die Ablenkung und setzte den Blinker. Kurz darauf zeigte Frank wieder nach links und Katharina lenkte den Wagen auf einen Wanderparkplatz.

„Du kannst noch ein Stück dem Waldweg folgen, dann müssen wir laufen“, erläuterte Frank.

„Mensch, hier liegt ja der Hund begraben“, tönte es von der Rückbank.

„Kein Wunder, dass die Leute hier noch so rückständig sind.“

„Sie müssen es ja wissen“, sagte Katharina und verdrehte die Augen.

Nach etwa zwei Kilometern bedeutete Frank ihr, dass sie anhalten sollte.

Katharina parkte das Auto rechts neben dem Waldweg und sie stiegen aus.
Elmar Schock sah sich interessiert um.
„Wieso stehen denn hier mitten im Wald neben dem Weg zwei Betonteile?"
Auch Katharina hatte die Quader neben dem Weg entdeckt.
„Weiß ich auch nicht", gab Frank zu. „Aber das ist ja schließlich rauszukriegen. Nicht wahr, Herr Schock. Notieren Sie sich diese Aufgabe für nachher. Und nehmen Sie die Kamera mit."
„Wird erledigt", war dessen knappe Antwort, bevor er sein Smartphone zückte und offensichtlich ein Memo an sich selbst schrieb.
Frank wartete nicht auf ihn, sondern bog rechts ab. Katharina folgte ihm und auch ihr neuer Kollege beeilte sich, nicht den Anschluss zu verlieren. Der Weg stieg leicht an. Nach etwa 100 Metern sah Katharina links ein kleines gemauertes Gebäude mit abgeschrägtem Dach. Daneben parkten ein Streifenwagen, der SUV der Spurensicherung und das Auto des Amtsarztes Heiner Basten. Weder die Kollegen von der Bereitschaft noch die anderen waren allerdings zu sehen. „Wieso müssen wir laufen und die anderen konnten bis hierher fahren?", maulte Schock, doch Frank gab ihm keine Antwort. Sie gingen weiter und Katharina entdeckte auf der linken Seite Betonklötze, die wohl zu dem ehemaligen Steinbruch gehört haben mussten. Der Beton sah alt aus und war von Moos und Flechten überzogen. Die Funktion der Gebäude ließ sich nur erahnen. Wahrscheinlich waren hier die Steine zerkleinert und sortiert worden, vermutete Katharina.
Sie kletterten über einen umgestürzten Baum und schoben Gebüsch und Sträucher zur Seite. Der Boden wurde feuchter und nachdem sie eine kleine Anhöhe überwunden hatten,

befanden sie sich in einer weitläufigen Senke, die in etwa fünfzig Meter Entfernung von hohen und sehr steilen Felswänden eingeschlossen wurde. Dies hier war der eigentliche Steinbruch. Sie entdeckten nun auch ihre Kollegen und ein etwa zwanzig mal zwanzig Meter großes Areal, das mit Flatterband abgesperrt worden war. Rechts von sich erkannte Katharina einen großen Tümpel. Der Untergrund war nun sehr nass, sumpfig und modrig. Man musste gut aufpassen, wohin man trat, sonst bekam man nasse Füße. Wie es schien, hatte Elmar Schock dies aber noch nicht bemerkt, denn er stieß ein unflätiges: „Verdammte Scheiße!“, aus und hüpfte kurzzeitig auf einem Bein herum, bevor sich ebenfalls sein anderer Schuh mit Wasser füllte. Katharina konnte ein Grinsen nicht unterdrücken, tat aber so, als habe sie nichts bemerkt und hielt auf ihre Kollegen zu.

Beim Anblick, der sich ihr bot, gefror das Lächeln auf ihren Lippen. Sie erkannte den Amtsarzt, der sich über einen reglosen Körper beugte und sie sah Blut. Viel Blut. Katharina schloss kurz die Augen, um sich zu sammeln. War sie bereit für das hier?

„Katie, kommst du?“, fragte Frank und beugte sich bereits unter dem Band hindurch. Damit war ihre Frage ebenfalls beantwortet. Katharina nickte kurz und folgte ihm auf der von den Kollegen angelegten Trittspur. Elmar Schock tat es ihr nach. Sie traten zu den anderen und begrüßten sie kurz, bevor sie einen genaueren Blick auf das Opfer warfen.

„Gibt's schon was?“, wollte Frank von Herrn Basten wissen, der sich eben aufgerichtet hatte.

„Hallo, Herr Saalmann, Frau Münz und …?“

Seine an Elmar Schock gerichtete Frage wurde allerdings nicht beantwortet, denn der Angesprochene starrte nur mit großen

Augen auf die Leiche. Dann verließ alle Farbe sein Gesicht. Der junge Mann taumelte, hielt sich die Hand vor den Mund, machte einige unsichere Schritte nach rechts und erbrach sich über das Flatterband in ein Gebüsch.

„He, Junior!“, rief Dietmar Wittmann von der Spurensicherung. „Nicht den Fundort kontaminieren, verstanden?“

Immer noch würgend nickte Schock, drehte sich aber nicht um.

„Wo sind eigentlich die anderen?“, wollte Frank von Wittmann wissen. „Ihr seid doch sonst immer zu viert.“

„Schau mal da oben hin!“, meinte der grinsend und zeigte auf den Rand der Steilwand. „Der eigentliche Tatort. Ich bringe euch nachher auch rauf.“

Frank nickte und drehte sich wieder zum Amtsarzt herum.

„Neu dabei, was?“, meinte Herr Basten und deutete auf den keuchenden Schock. Frank quittierte die Frage mit einem Augenrollen.

„Ich bin erst kurz vor Ihnen hier eingetroffen, kann also noch keine genauen Angaben machen. Nur so viel: Der Mann dort ist noch nicht lange tot. Zwei Tage höchstens, würde ich sagen. Die Gerinnung des Blutes und die recht geringe Anzahl der Mückeneier lassen zumindest darauf schließen. Wie Sie sehen können, ist das Gesicht fast nicht mehr erkennbar. Quasi abrasiert. Der Schädel ist an einer Stelle eingeschlagen, denn Hirnmasse trat aus. Ich nehme an, dass dies durch den Sturz verursacht wurde. Er ist beim Fallen wahrscheinlich mehrmals mit dem Gesicht und dem Kopf auf den Felsen aufgeschlagen.“

Katharina betrachtete die Leiche. Sie lag halb seitlich mit dem Rücken zur Felswand, den Kopf in ihre Richtung gewandt. Dort, wo ehemals ein Gesicht gewesen war, gab es nur noch eine blutige, klumpige Masse. Zum Teil war der Knochen freigelegt. Knochensplitter waren ebenfalls erkennbar. Aus dieser Masse heraus schaute sie ein Auge, wie es schien, anklagend an. Das zweite Auge fehlte. Es war nur noch ein Teil der Lippen übrig geblieben und einige blutigbraune Zähne klebten daran. Zwischen den dünnen Haaren der linken Schläfe klaffte eine tiefe, gezackte Wunde, aus der grau-weißliche Hirnmasse gequollen war.

Katharina atmete tief ein und ließ die Luft dann langsam wieder aus ihren Lungen entweichen. Es würde gehen. So wie immer. Sie würde funktionieren und ihren Job machen. Nicht an andere Sachen denken, die man nicht mehr ändern konnte. Weitermachen!

„Sieht wie ein Unfall aus", sagte sie. „Vielleicht war er betrunken und abenteuerlustig."

„Das kam mir auch in den Sinn", stimmte Herr Basten ihr zu. „Doch dann habe ich das hier gesehen."

Er trat an die Leiche heran und hob ihren linken Arm.

„Donnerwetter!", entfuhr es Frank. „Er war gefesselt?"

Um das Handgelenk des Toten lag eine dünne Nylonschnur. Hinter dem Knoten war sie abgeschnitten worden, hatte aber deutlich rote Striemen auf der Haut hinterlassen. Herr Basten legte den Arm vorsichtig wieder zurück.

„Sieht ganz so aus, als seien die Hände vorher zusammengebunden gewesen. Der Gute ist also nicht freiwillig hier unten gelandet", bemerkte Dr. Basten.

„Und nicht nur das. Die Füße waren ebenfalls gefesselt und schauen Sie sich einmal seine Fingerspitzen an!"

Das, was Katharina für getrocknetes Blut oder Schmutz gehalten hatte, entpuppte sich bei genauem Hinsehen als etwas völlig anderes.

„Man hat ihm die Fingerkuppen versengt?"

„Ja, es sieht ganz danach aus."
Herr Basten nickte.
„Aber warum das?" Katharina war verwirrt. „Wenn ihn der Täter unkenntlich machen wollte, hätte er ihm das Gesicht entstellen müssen. Er konnte sich ja nicht darauf verlassen, dass der Sturz dies für ihn übernehmen würde. Die fehlenden Fingerabdrücke allein reichen auf jeden Fall dafür nicht aus."
„Ich werde bei der Autopsie herausfinden, ob dem Opfer die Verletzungen im Gesicht absichtlich zugefügt wurden oder durch den Sturz zustande kamen."
„Soll ich Fotos machen?" Elmar Schock war wieder zu ihnen getreten und hob die Kamera fragend in Franks Richtung. Sein Gesicht war nicht mehr ganz so weiß, doch man sah ihm an, dass er um Fassung ringen musste.
„Ja, machen Sie das. Danach kann Herr Basten ihn umdrehen, nicht?"
Der Amtsarzt nickte.
Während Schock die Fotos schoss, musste Katharina ihm widerwillig Respekt zollen. Bei solch einem ersten Einsatz hätten viele sofort aufgegeben. Dass er sich übergeben hatte, war kein Drama. Jedem von ihnen war es schon einmal so ergangen. Er wollte sich aber keine Blöße geben und machte unbeirrt weiter. Eine gewisse innere Stärke musste er also haben. Die schlimmen Träume würden aber auch ihn nicht verschonen. Darin war sich Katharina sicher.
„Fertig." Schock trat zurück.
„Na, dann kann es ja weitergehen." Der Amtsarzt beugte sich wieder zu dem Toten hinunter und brachte ihn in die Rückenlage.
„Oh Mann!" Ihr neuer Kollege schlug sich erneut die Hand vor den Mund. Auch Katharina hielt kurz die Luft an.

„Kann das auch vom Sturz herrühren?", fragte Frank unsicher.
„Das bezweifle ich", knurrte der Arzt und trat zur Seite, damit Schock auch von der Vorderseite der Leiche einige Fotos machen konnte.
Katharina starrte auf den Toten. Was war nur mit ihm angestellt worden? Sowohl Teile des Hemdes als auch der Hose waren zerfetzt und durchlöchert. Besonders schlimm war es im Schritt. Alles war voller Blut und Katharina war nicht besonders scharf darauf zu sehen, wie der Körper darunter aussah.
„Ich schaue mir mal eine Stelle etwas genauer an. Dann müssen wir die Autopsie abwarten." Herr Basten griff nach einer großen Pinzette aus seinem silbernen Koffer und hob den Stoff des Hemdes unterhalb des Ellenbogens an.
Katharina sah, dass der Unterarm ebenso zerfetzt und durchlöchert aussah wie das Hemd.
„Was verursacht solche schrecklichen Wunden?" Franks Stimme klang fassungslos.
„Ich würde auf ein Tier tippen. Hier sieht man deutlich Zahnabdrücke", erklärte Dr. Basten. Er deutete auf einige Löcher im Muskel. Aber ich muss sagen, dass es mich überrascht, wie zahlreich diese Wunden sind. Das Tier muss in Rage gewesen sein. Vielleicht Tollwut."
„Welches Tier meinen Sie", wollte Katharina wissen. Wir haben doch hier keine Wölfe oder Bären.
„Das war auch kein Bär, Frau Münz. Ähnliche Verletzungen habe ich bisher nur bei Opfern gesehen, die von Kampfhunden attackiert wurden. Ich denke also, es war ein Hund."

Kapitel 8

Ich bin widda hier. In der Wohnung von meiner Kleinen, in ihrem Reich. Et war ja auch nich wirklich schwer, an nen Nachschlüssel zu kommen. Ich hol den Ersatzschlüsselbund vom Schlüsselbrett neben der Tür und schlender langsam weiter. Im Bad is alles an seinem Platz. Die ganz extra Gesichtscreme, die se wegen ihrer empfindlichen Haut benutzt. Dat Shampoo, dat so gut nach Äpfeln riecht, und ihre Haarbürste. Ich nehm se statt der Schlüssel und riech daran.
Ja, dat riecht eindeutich nach meinem Mädchen. In der Küche stehn noch ne benutzte Kaffeetasse und ihr Frühstücksbrett auf ´m Tisch. Komisch, dat is eigentlich gar nich ihre Art aus der Wohnung zu gehen, ohne dat se vorher aufgeräumt hätt. Entweder hat se verschlafen oder irgendwat war mal widda so wichtich, dat man et nich verschieben kann. Ich setz mich auf ihren Stuhl und streichel zart über die Stelle an der Tasse, an der se draus getrunken hat. Ich kann de Stelle deutlich am Lippenstiftabdruck erkennen. Et sin die Kleinichkeiten, die ich so lieb. Se is doch mein Mädchen. Seit so vielen Jahren wach ich jetzt schon über se, ohne dat se et weiß, ohne dat se et bemerkt. Ich bin ihr Wächter, ihr Beschützer, ihr Zerberus. Eigentlich wär et mir lieber, se bräucht mich gar nich. Ne, nich wirklich. Ich bin ja gern in ihrer Nähe und pass auf se auf. Se kommt nich ohne mich zurecht. Dat is nu mal so. Und deshalb bin ich hier. Ich steh auf und geh rüber ins Wohnzimmer. Da setz ich mich aufe Couch. Ich kann mir gut vorstellen, wie se sich, in ne Decke gekuschelt, mit nem Glas Rotwein in der

Hand nen schnulzigen Liebesfilm anguckt. Dat liebt se! Da, in der Glasvitrine hat se ne ganze DVD-Sammlung davon. Jane Austen and friends. Et is schön für mich, hier zu sein. Wenn ich hier bin, dann bin ich auch ganz nah bei meinem Mädchen. Nach dem Brand damals hat se sich alles neu kaufen müssen. Dat ganze Haus war zerstört worden mitsamt der Einrichtung. Nur noch Schutt und Asche. Zum Glück war se gut versichert. Aber ich hatt ja keine andere Wahl! Schließlich wollte ich nich, dat man am Ende noch ihr den Mord anhängen würd! Dat war de sauberste Lösung, um de Leiche los zu werden. Leider hat se einfach kein gutes Händchen bei Männern und der Typ war echt de Krönung.

Am Anfang war sogar ich davon überzeucht, dat se mich nich mehr brauchen würd, jetzt wo se ihn hatte. Groß, gut aussehend, solide, Banker mit richtich Knete. Liebe auf den ersten Blick. Pah!

Nach drei Monaten is se zu ihm in sein Haus gezogen, nach acht Monaten ham se geheiratet. Traumhochzeitsreise nach Lanzarote. Aber schon bald danach fing et an. Als erstes waren da de Anrufe. Mehrfach am Tach. Angeblich weil er se vermisste und wissen wollt, wat se grad macht.

Dann fing er an se zu kontrollieren, mit wem se – wenn er nich dabei war – wat macht und mit wem se telefoniert. Als nächstes wollt er nich mehr, dat se sich allein mit Freundinnen trifft. Der Spinner hat sogar ihre Kontoauszüge überprüft, um zu sehen, wofür se ihr Geld ausgibt. Schließlich hat er bestimmt, wat se anzuziehen hatte, wie se sich schminken sollte und wat für ne Frisur se haben durfte. Später dann sogar, wann se reden durfte und wann nich. Wat se tun durfte und wat nich.

Anfangs hat se ihn ja machen lassen. Se fand et sogar süß und fürsorglich von dem. Als et abba imma schlimmer wurd, hat se versucht, sich zu wehren. Dat war dann der Zeitpunkt, wo er angefangen hat, se zu „maßregeln". Dat bedeutet, dat er se nach allen Regeln der Kunst verkloppt hat. Aber dat Dreckschwein hat et nie so schlimm gemacht, dat se hätt ins Krankenhaus müssen und imma dahin geschlagen, wo man et nich sehen konnt. Nie innet Gesicht. Imma auf de Arme, de Beine, Bauch, Brust und Rücken. Wenn se dann am Boden lach und keine Luft mehr bekam, hata ihr erklärt, dat er dat nur machen würd, damit se nich vom „rechten Wech" abkäm. Dat se ihn mit ihrem Ungehorsam provozieren würd. Dat se alles selber schuld wär. Zuerst hat se Ausreden dafür erfunden. Er hätt nur nen schlechten Tach auf Arbeit gehabt.

Se hätt ihn gereizt und da wär sein Temperament einfach mit ihm durchgegangen. Aber et wurd dann imma schlimmer. Irgendwann hat er se einfach so, ohne Grund vermöbelt. Da hat se dann endlich eingesehen, dat se mit nem Psychopathen verheiratet war. Aber da war et schon zu spät. Als se gedroht hat, ihn zu verlassen, hat er ihr nur ganz ruhich erklärt, dat er se dann umbringen würd. Also isse geblieben und zu nem nervlichen Wrack mutiert. Se war wie ′n Tierchen, dat beim kleinsten Geräusch zusammengezuckt is. Imma drauf bedacht, ihn nich zu verärgern. Schließlich war se sogar selbst davon überzeucht, dat se ohne ihn nich mehr zurecht käm und dat se de Prügel verdient hätt. Da war ja auch keiner, dem se dat hätt erzählen können. Freunde hatte se keine mehr, dafür hatte der Drecksack gesorcht und ihre Mudda war nich gut dran und hätt et ihr sowieso nich glauben wollen.

Dat war der Punkt, wo ich eingreifen musste – mal widda. Weil se mich brauchte, weil se sich nicht selba schützen konnt. Weil et eben meine Aufgabe is.

Heut mach ich mir Vorwürfe, dat ich damals so lang gewar-

tet hab. Aber wat solls. Ich hab den Kerl ja erledicht. Nur dat zählt.
Als se über Nacht bei ihrer Mutter bleiben musste, weil et der beschissen ging, war meine Chance gekommen. Mir war klar, se würde ganz früh morgens zurückkommen, damit er nich ganz so schlimm ausrasten würd. Musste mich also beeilen. Hab erst geguckt, dat se gut bei ihrer Mudda angekommen is und bin dann gegen zwei Uhr nachts mit dem Nachschlüssel, den ich mir schon viel früher hab machen lassen, unbemerkt in dat Haus. Durch dat Tuch mit dem Chloroform hatt ich schon bald genuch Ruhe für meine Arbeit. Ich wollt ihn nich fesseln – et sollte ja schließlich wie ´n Unfall aussehen. Wie der so dalach, so friedlich. Man hätt fast nich glauben können, wat für ´n Monster der war. Dat einzige, wat ich mir nich verkneifen konnt, war meine Süße auf den loszulassen. Zerberus – der Höllenhund, der beißt eben.
Ich hab die Flasche Sambuka, die Zigaretten und den Aschenbecher auf den Nachttisch gestellt. Dat volle Glas hab ich ins Bett gekippt und dann neben den auf et Laken geschmissen.
Die Genuchtuung, als ich dat Streichholz auf dat Bett geworfen hab ...
Als de Flammen auf ihn übergegriffen haben, wurd er vom Schmerz grade noch soweit wach, data mich sehen konnt. Gut so! So musste de Drecksau in der Gewissheit sterben, dat et kein Unfall gewesen war. Wie der gebrüllt hat.
Et war de schönste Musik in meinen Ohren. Ich bin raus aus ´m Haus und hab in sicherer Entfernung auf de Feuerwehr gewartet. Hat lang gedauert, bis jemand wat bemerkt und die gerufen hat.
Als mein Mädchen am frühen Morgen nach Hause kam, fand se ´n Schlachtfeld vor. Die Leiche war abba zum Glück schon

wech. Dat hätt se sonst nich verkraftet. Nach ner Zeit, als dat ganze Gedöns vorbei war, ging et ihr auch widda besser. Und jetz hat se so ne schöne Wohnung ...
Ich bin viel zu lang geblieben. Hab doch glatt de Zeit vergessen. Jetz muss ich mich aber beeilen. Dat Adressbuch brauch ich. Dat is doch der Grund, warum ich hergekommen bin. Et is bestimmt in der Schrankschublade. Wusst ich´s doch. Wenn ich de Info abgeschrieben hab, die ich brauch, mach ich mich vom Acker. Tschüssi, mein Mädchen. Bis et nächste Mal.

Kapitel 9

In der folgenden Woche saßen Frank, Katharina und Elmar Schock im Büro und schauten auf das Whiteboard, auf dem Frank ihre bisherigen Erkenntnisse zusammengefasst hatte. Wie es seine Art war, resümierte er das Geschehen.

Katharina hatte, dank der ärgerlichen Wiedereingliederungsmaßnahme, einen Tag pausieren müssen und Frank darum gebeten, sie auf den neuesten Stand zu bringen.

Am Abend nach dem Fund der Steinbruchleiche saßen Frank und sie noch lange in ihrem Wohnzimmer und unterhielten sich. Frank hatte, wie vermutet, die Beziehung zu Vera beendet.

„Sie war viel gefasster als ich es für möglich gehalten hätte", gestand er Katharina.

„Hast du einen hysterischen Anfall erwartet? Ist sie der Typ dafür?", wollte Katharina wissen.

„Nein, so ist sie natürlich nicht. Aber sie war so unnatürlich ruhig. Fast abwesend als ich ihr gesagt habe, dass ich zu meiner Familie zurück möchte."

„Sie war sich also schon vorher im Klaren darüber, dass du zu Heike zurück wolltest?"

Frank druckste herum. „Also um ehrlich zu sein ..."

„Du hast ihr Hoffnungen auf eine gemeinsame Zukunft mit dir gemacht? Wirklich?"

„Ganz am Anfang hab ich wohl mal gesagt, ich würde Heike verlassen. Du weißt schon ..."

„Ja, verstehe. Frisch verliebt und im Überschwang der Gefühle. Kopf ausgeschaltet und so."

Frank nickte zerknirscht.
„Dann ist mir aber immer klarer geworden, dass ich doch zu Heike und Paul gehöre. Vera wurde immer anstrengender. Ich meine, sie wurde einnehmender. Sie hat es wohl gespürt und je weiter ich mich von ihr entfernt habe, desto mehr hat sie geklammert."
„Vera glaubte wohl fest daran, dass du Heike wegen ihr verlassen würdest, denke ich."
„Das befürchte ich auch. Deshalb war ich über ihre Reaktion beziehungsweise ihre fehlende Reaktion so überrascht."
„Das kann ich nachvollziehen. Aber vielleicht hat sie deine Entscheidung mittlerweile einfach akzeptiert. Was soll sie denn auch sonst tun?"
„Schreien? Weinen? Mir etwas an den Kopf werfen? Keine Ahnung. Ich mag Vera wirklich sehr. Das musst du mir glauben, Katie. Ich habe ihr auch gesagt, dass ich weiterhin für sie da sein will, falls sie mal Hilfe braucht oder so."
„Na, darauf wird sie wohl verzichten. Würde ich jedenfalls." Katharina nahm einen kleinen Schluck aus ihrem Weinglas.
„Und wie soll es jetzt weitergehen? Mit Heike meine ich."
„Ich hab sie angerufen und ihr von der Trennung erzählt. Sie will Zeit zum Nachdenken. Das ist doch schon mal ein gutes Zeichen, oder nicht?"
„Möglich. Überlass ihr den ersten Schritt. Du kannst hier wohnen bleiben, bis ihr alles geklärt habt. Aber das weißt du ja."
Frank schaute sie dankbar an.
„Ich hoffe sehr, dass Heike mir noch eine Chance gibt. Ich war ein Idiot."
„Willkommen im Club." Katharina musste grinsen.
„Zum Glück bin ich hier nicht die einzige, die Fehler macht."
Auch Frank lächelte.

„Themenwechsel. Nochmal zurück zu dem Toten. Als Dr. Basten den Hund erwähnte, hast du so ausgesehen, als hättest du eine Idee. Habe ich da etwas verpasst?“
Katharina schüttelte leicht den Kopf. „Das weiß ich noch nicht. Aber ich werde mir morgen im Büro mal einige Fotos anschauen.“

***

In der Mitte des Whiteboards befand sich ein Foto des Toten aus dem Steinbruch. Rundherum waren weitere Fotos des Tatortes und des Autopsieberichtes angeordnet.
„Dr. Basten stellt im Autopsiebericht fest, dass die Verletzungen im Gesicht und am Schädel vom Sturz stammen. Ebenso wie diverse Knochenbrüche und Hämatome. Der Mann hat auf jeden Fall noch gelebt, als er hinunterfiel.“
„Und als er unten ankam?“
Elmar Schock hatte sein Tief überwunden und glänzte wieder mit spitzfindigen Äußerungen.
„Ob Sie es glauben oder nicht, Herr Schock. Unten auch noch. Zumindest für kurze Zeit. Dann ist er verblutet.“
„Mein Gott! Was muss er angestellt haben, um so etwas zu verdienen?“
„Ich dachte, für solche Fragen sind Sie zuständig“, bemerkte Schock und erntete einen bösen Blick von Frank.
„Was ist mit den anderen Verletzungen?“, fragte Katharina, ohne sich aus der Ruhe bringen zu lassen.
„Die Fingerspitzen wurden versengt, aber nicht verbrannt.“
„Konnten noch Fingerabdrücke genommen werden?“
Frank schaute den neuen Kollegen mit hochgezogenen Augenbrauen an. Er mag ihn nicht, stellte Katharina fest. Armer

Schockie. Hast einen schweren Stand bei uns.
Elmar Schock hatte den kritischen Blick offensichtlich nicht bemerkt.
„Ich meine die Identität. Wissen wir, wer er ist?"
„Haben Sie denn die Datenbank etwa schon nach Übereinstimmungen durchforstet, Herr Schock?"
„Nein, aber ich dachte ..."
„Nun, dann tun Sie es."
Der junge Kollege wollte zu einer Erwiderung ansetzen.
„Jetzt!" Franks Stimme klang schneidend.
Schock holte tief Luft, gab dann aber nach und setzte sich an den Schreibtisch.
„Okay, sagte Frank. Machen wir weiter. Die Obduktion gestern war kein Pappenstiel, das kannst du mir glauben, Katie."
„Ist es nie, oder?", gab sie zurück.
Frank nickte. „Schon, aber nachdem der Körper gewaschen war, wurde das ganze Ausmaß der Verletzungen erst richtig deutlich. Die Fotos sind nicht halb so schlimm wie die Wirklichkeit. Glaub mir."
„War es ein Hund?"
„Ja und nein."
„Was heißt das?" Katharina runzelte die Stirn.
„Herr Basten sagt, dass die Bisswunden auf jeden Fall von einem Hund stammen. Großes Gebiss. Könnte ein Kampfhund gewesen sein, meint er. Aber, und jetzt kommt's. In den Wunden fanden sich keinerlei Spuren von Hundespeichel, tierischer Epidermis oder Haaren."
„Wie kann das sein?" Katharina schaute Frank ratlos an.
„Tja, das weiß allein der Mörder, oder? Herr Basten und ich konnten uns jedenfalls keinen Reim darauf machen. Du offensichtlich auch nicht."

„Es gibt doch Hunde, die nicht haaren. Neue Züchtungen. Vielleicht gibt es auch welche, die keine Spucke erzeugen“, klang es vom Schreibtisch herüber.
„Das können Sie ja als nächstes recherchieren, Herr Kollege. Schreiben Sie es sich doch am besten gleich auf.“
„Hmpf“, machte Schock und griff nach seinem Smartphone. Dann hellte sich sein Gesicht auf.
„Ach übrigens, Chef. Zum Thema Recherche.
Die Klötze im Wald, neben dem Weg. Sie erinnern sich? Ich habe herausgefunden, was es war.“
„Ach“, sagte Frank.
„Ja, da gab es früher eine Waage für LKW's. Die Betonteile sind übrig geblieben und ...“
„Sehr schön, Herr Schock“, unterbrach ihn Frank.
„Zurück zu unserem Opfer.“
Elmar Schocks Lächeln erstarb und er machte einen Schmollmund. Frank fuhr fort:
„Das Tier, oder was immer es war, hat das Opfer in die Unterarme und in die Waden gebissen. Naja, gebissen ist wohl etwas untertrieben. Die Muskeln wurden quasi zerfetzt. Das Tier muss rasend gewesen sein. Wahrscheinlich stand der Mann vor dem Biest und hat versucht, sich gegen den Angriff zu wehren. Herr Basten vermutet, dass er dann nach hinten fiel und das Vieh hat sich über seine besten Teile hergemacht. Hier.“
Er reichte Katharina ein Foto. Als sie das Bild betrachtete, zog sie scharf die Luft ein.
Der Genitalbereich des Mannes war vollkommen verstümmelt worden. Die äußeren Geschlechtsteile waren zerbissen, der Unterbauch mit tiefen Wunden übersät.
„Oh mein Gott.“ Katharina reichte ihm das Foto zurück.
„Darf ich auch mal“, maulte Schock und Frank gab ihm das Foto.

Als Schock es zurückgab, wies sein Gesicht erneut eine kalkweiße Farbe auf. Schnell senkte er den Kopf und schaute konzentriert auf den Bildschirm des Laptops.

„Wenn ich es nicht besser wüsste und es wäre ein Mensch gewesen, der dies getan hat, dann wäre derjenige von unbändiger Wut und Aggression geleitet worden. Ein Tier kann aber nicht wütend sein. Was ist mit der Tollwuttheorie?"

„Kann wegen des fehlenden Speichels nicht nachgewiesen werden. Die Untersuchung der Blutproben könnte möglicherweise etwas bringen. Dauert aber noch ein bisschen."

„Auch der eigentliche Tatort oberhalb der Felswand hilft uns nicht wirklich weiter." Katharina drehte gedankenverloren eine ihrer langen braunen Haarsträhnen zwischen den Fingern.

„Du meinst, weil auf dem Schotter dort keine Reifenspuren erkennbar sind?"

„Ja, Frank. Du hast es ja selbst gesehen. Die Kollegen haben zwar Blut- und Gewebespuren gefunden, aber sonst nichts."

„Besser gesagt, sie fanden keine Kampfspuren, Pfotenabdrücke oder Sonstiges, was uns auf die Spur des Mörders bringen könnte", ergänzte Frank.

„Wir müssen abwarten, ob unser neuer Kollege eine Übereinstimmung bei den Fingerabdrücken findet. Und ich schaue mir in der Zeit einige reizende Verbrecherfotos an."

„Okay, was immer du für richtig hältst. Ich hole uns dann mal einen Kaffee", meinte Frank gönnerhaft.

„Für mich mit Zucker und Sojamilch, bitte!", gab Elmar Schock seine Bestellung auf und Frank trollte sich, leise vor sich hingrummelnd.

Geraume Zeit und mehrere Tassen Kaffee später ließ Elmar Schock krachend eine Faust auf den Schreibtisch sausen, sodass sowohl Katharina als auch Frank heftig zusammenfuhren.

„Sind Sie nicht ganz bei ...“, wollte Frank auffahren, doch der neue Kollege unterbrach ihn mit den Worten: „Hab ihn.“

„Was?“ Frank war etwas aus dem Konzept geraten.

„Hier! Die Fingerabdrücke und unsere Teilabdrücke passen haargenau. Ich hab ihn.“

„Zeigen Sie mal her!“

Frank und auch Katharina stellten sich hinter Schock und schauten auf den Bildschirm.

Das Foto zeigte einen Mann um die fünfzig mit bereits schütterem, nach hinten gekämmtem braunem, an den Schläfen bereits grauem Haar und einem Drei-Tage-Bart.

„Oh Gott, was für ein schmieriger Tpy“, sagte Katharina.

„Klaus Werbold“, las Elmar Schock vor. Geboren 1966 in Münster. Kein Unbekannter. Hier!“ Er zeigte auf eine Liste. „Zuhälterei, Drogenhandel, Körperverletzung, Diebstahl, Kartenbetrug. Er hat mehrmals gesessen. Aber keine großen Sachen. Zuletzt vor ...“

Er scrollte nach unten. „Oh, in den letzten Jahren war er wohl brav, der Klaus. Komisch, dass ihn das Schicksal gerade jetzt ereilt hat.“

„Wahrscheinlich war er nicht ganz so brav. Hat sich nur nicht von uns erwischen lassen“, meinte Frank.

„Dafür von jemand anderem“, fügte Katharina hinzu.

„Er war zuletzt hier gemeldet“, sagte Schock und zeigte auf eine Adresse.

„Und gearbeitet hat er als ‚Hausmeister‘ in einem stadtbekannten Etablissement.“ Beim Wort Hausmeister malte Katharina mit Zeige- und Mittelfinger Gänsefüßchen in die Luft und machte ein vielsagendes Gesicht.

„Das sollten wir uns doch mal ansehen, nicht!“, schlug Elmar Schock vor.

„Ja, aber für dich ist für heute Schluss, Katie“, sagte Frank bedauernd.
„Kommt gar nicht in Frage“, antwortete Katharina bestimmt. „Diese blöde Eingliederung ist in zwei Tagen rum. Da kommt es jetzt also nicht mehr drauf an. Ich komme mit.“
Eine halbe Stunde später hielten sie vor besagtem Etablissement. Jetzt am frühen Nachmittag lag das Gebäude wie ausgestorben da. Nicht besonders einladend, stellte Katharina fest. Grauer, bröckelnder Beton, abgeblätterte Farbe und Schmutz, wohin man sah.
„Oh Mann. So nötig könnte ich es gar nicht haben, um hier aufzuschlagen“, meinte Schock gedehnt, während er sich umsah.
„Gehen wir rein!“, bestimmte Frank.
Sie betraten das Gebäude durch eine zweiflüglige Aluminiumtür mit einem drahtverstärkten Milchglaseinsatz. Die Glasscheibe wies an einigen Stellen Risse auf, die womöglich die Meinung von besonders gut oder schlecht gelaunten Kunden widerspiegelten.
Die Tür führte in einen Korridor, der mit einem roten verschlissenen Teppichboden ausgelegt und ähnlichfarbig gestrichen war. Am Ende des Ganges befand sich eine weitere Tür, auf die sie zusteuerten.
„Kameras“ sagte Frank und deutete nach oben.
„Könnte nützlich sein“, stellte Katharina fest. Frank hielt die Tür auf und sie traten hindurch. Nun befanden sie sich in einem großen Raum, einer Kneipe nicht unähnlich. Eine ausladende Theke mit Barhockern zu ihrer Linken und kuschlige Nischen sowie kleine runde Tische mit Sesseln rechts von ihnen. Alles hier hatte schon einmal bessere Zeiten gesehen, stellte Katharina fest, während sie ihren Blick durch den Raum

schweifen ließ. Momentan waren keine Gäste da. Auch von den Damen des Hauses befand sich keine hier. Nur hinter der Theke war ein großer kahlköpfiger Mann damit beschäftigt, Gläser zu polieren.

Katharina betrachtete ihn genauer und stutzte. Konnte das sein? Er hob den Kopf und sie war sich vollkommen sicher. Sie musste keine Fotos mehr durchforsten, denn sie hatte das Herrchen von Tyson gefunden. Auch er schien sie wiederzuerkennen, denn seine Augen zogen sich kurz zu Schlitzen zusammen, bevor er einen betont uninteressierten Ausdruck aufsetzte.

„Darf et wat sein?"

Frank trat zu ihm. „Ja, wie wär´s mit einer Auskunft?"

„Wer will wat wissen?" Der arrogante Zug um den Mund brachte Katharina dazu, sich vor ihm aufzubauen.

„Ich will was wissen. Erinnern Sie sich? Tyson ohne Maulkorb. Ich habe Ihnen doch versprochen, dass wir uns wiedersehen. Und bevor Sie danach fragen sollten, hier ist mein Dienstausweis."

„Du kennst ihn?", wollte Frank wissen. Katharina nickte nur und hielt dem Kerl ihren Ausweis vor die Nase.

Der Typ schaute sich das Dokument genau an. Er ließ sich Zeit damit.

Dann lehnte er sich lässig zurück und fragte gedehnt:

„Also?"

Frank schob ihm das Foto von Klaus Werbold über die Theke.

„Kennen Sie den Mann?"

„Klar. Kalle ist dat. Der arbeitet hier als Hausmeister. Hat er wat ausgefressen?"

„Wahrscheinlich hat er das, denn er ist tot", drängte sich Elmar Schock in den Vordergrund.

Frank war sauer. „Halten Sie sich zurück, Herr Kollege. Wir führen die Befragung durch."
„Wie? Der Kalle is tot? Wat is denn mit dem passiert? Is dat hier jetz plötzlich en Verhör oder wie?" Der Mann war entrüstet. „Dann sach ich nämlich nix mehr ohne mein Anwalt."
Er ist nervös, dachte Katharina. Gut so!
„Jetzt bleiben Sie mal ruhig, Herr ..."
„Den Teufel werd ich. Se kommen hier rein, zeigen mir en Foto von Kalle und erzähln, er wär tot und wat von Verhör. Wat hab ich denn damit zu tun?"
„Vielleicht hat ihr Tyson etwas damit zu tun", erwiderte Katharina ganz ruhig. „Wo ist denn ihr Schoßhündchen?"
„Dat geht Se garnix an."
Er ist kurz vor dem Ausflippen. Ein ganz Besonnener, dachte Katharina.
„Okay. Fangen wir nochmal von vorne an. Zeigen Sie uns bitte Ihre Ausweispapiere!", versuchte sie die Situation zu entschärfen.
„Se können mich mal. Ich mach jetz hier die Biege."
Mit diesen Worten sprintete er hinter der Theke hervor Richtung Tür.
Weder Frank noch Katharina hatten mit seiner Reaktion gerechnet, doch nun zeigte der neue Kollege, was in ihm steckte.
Mit einem gewagten Sprung hechtete er nach vorne und griff im Fallen nach den Beinen des Flüchtenden. Dieser geriet ins Straucheln und landete, mit dem sich noch immer an ihn klammernden Schock, unsanft auf dem roten Teppich.
Nun waren Katharina und Frank zur Stelle und gemeinsam bändigten sie den wild um sich schlagenden Mann, sodass Frank ihm Handschellen anlegen konnte.

„Gut gemacht, Schockie", sagte Katharina anerkennend und auch Frank nickte ihm lobend zu. Dann führten sie den tobenden Mann ab und fuhren zurück zum Präsidium.

***

„Wir hätten da also Alexander Kablonsky, geboren in Dortmund, 42 Jahre alt. Besitzt einen America Staffordshire Terrier namens Tyson, den er ohne Maulkorb ausführte. Soweit richtig, Katie?"
„Ja, Frank. Ich habe ihn in meiner Straße mit dem Hund gesehen. Keine Ahnung, was er da gemacht hat. Schließlich wohnt er hier in der Stadt."
„Kablonsky ist ein aufbrausender Typ, daher ist er in bestimmten Kreisen auch unter dem Namen Rakete bekannt. Hat bei uns eine Akte wegen Zuhälterei und Körperverletzung. Arbeitet im Center als Türsteher und Mädchen für alles. Kennt Klaus Werbold von dort, eventeuell auch schon länger. Stimmt´s?"
„Stimmt. Und wie wollen wir nun weiter vorgehen?", wollte Katharina wissen.
„Du weißt, dass wir den guten Rakete nur für eine Nacht hierbehalten konnten. Widerstand gegen Polizeibeamte. Mehr war noch nicht drin. Für eine Festnahme müssen wir weitere Beweise sammeln. Herr Schock hat sich gestern noch einmal in Kablonskys Umfeld umgehört und Interessantes herausbekommen."
Frank nickte dem neuen Kollegen zu, der sich daraufhin in Position brachte und sein Smartphone zückte.
„Alexander Kablonsky und Klaus Werbold waren sich spinnefeind. Eine der Damen im Center hat gehört, wie beide lauthals stritten. Es ist um Drogen gegangen, sagt sie. Klaus hat

sinngemäß gesagt, dass er Alexander abmurksen würde, wenn er ihm weiter ins Gehege käme, worauf Kablonsky erwidert haben soll, dass man noch sehen werde, wer wen hier zuerst alle macht. Das heißt im Klartext, Kablonsky hat etwas mit Drogen zu tun. Eine Straftat also, und er ist daher mit Klaus Werbold in Streit geraten. Außerdem hat er ihm gedroht, ihn umzubringen.“ Schock schaute stolz in die Runde.

„Gut“, sagte Frank.

„Das ist doch auf jeden Fall ein Motiv. Wir sollten uns den Typen schnappen, ehe er untertaucht. Wenn die Bissspuren des Hundes passen, haben wir unseren Steinbruchmörder“, meinte Katharina.

„Sie sollten sofort mit Ihrem Vorgesetzten darüber sprechen“, platzte Schock heraus und hob den Zeigefinger, um die Wichtigkeit seiner Aussage zu unterstreichen.

„Herr Schock. Ein für alle Mal möchte ich klarstellen, dass Sie mir keinerlei Anweisungen zu geben haben. Im Gegenteil, läuft es genau anders herum. Ist das klar?“

„Aber ...“

„Kein aber! Katie, ich denke, wir sollten Herrn Basten darüber informieren, dass wir evtl. einen als Täter infrage kommenden Hund ermittelt haben. Er soll bitte einen Veterinär kontaktieren, der das Tier, falls nötig, narkotisiert. Benachrichtige bitte die Bereitschaft und ich gehe zum Chef und telefoniere mit der Staatsanwaltschaft.“

„Geht klar, Frank“, sagte Katharina und ihr Chef verließ den Raum.

Elmar Schock sah sie verdattert an.

„Ich verstehe das nicht. Jetzt macht er genau das, was ich ihm gesagt habe. Aber vorher muss er mir einen Anschiss verpassen? Toller Chef.“

„Es hört sich vielleicht lehrmeisterhaft an, aber Sie müssen noch einiges lernen, Herr Schock."

„Pah!", machte dieser nur. „Ich liefere hier sehr gute Arbeit ab. Ich habe es nicht nötig, mich so behandeln zu lassen. Wenn das so weitergeht, werde ich mich beschw..."

Katharina winkte ab und erledigte die nötigen Telefonate.

„Und jetzt?", fragte ihr Kollege.

„Und jetzt warten wir ab, ob Herr Saalmann einen Haftbefehl und einen Beschluss zur Einbehaltung des Hundes erreichen konnte."

„Oh Mann, wie öde! So hatte ich mir das nicht vorge..."

Sein Gemaule wurde durch das Klingeln des Telefons unterbrochen.

Grinsend ließ Katharina ihm den Vortritt. Schock hob ab und meldete sich mit „Elmar Schock, Mordkommission. Ja? Verstehe. Ich werde einmal sehen, ob sie da ist." Katharina schaute ihn fragend an:

Schock hielt die Hand über das Telefon und flüsterte:

„Für Sie. Ein Bernd Schilling. Wollen Sie rangehen?"

Für eine Sekunde blieb Katharina die Luft weg. Bernd! Sie hatte ewig nicht mehr an ihn gedacht. Gemeinsam waren sie vor einigen Jahren an dem Fall mit dem kleinen Mädchen dran gewesen. Wie Blitzlichter zogen Bilder an ihrem inneren Auge vorbei. Blondes Haar, das Nachthemd, ein Engelsgesichtchen, aber leere Augenhöhlen mit Murmeln darin.

Sie atmete tief ein und nickte Schock zu, der ihr den Hörer reichte.

„Bernd?"

„Hallo, Katharina. Erinnerst du dich noch an mich?" Er lachte.

„Das ist aber eine schöne Überraschung? Wie geht es dir? Ist ja schon ewig her", sagte sie leichthin.

„Ich bin hier in der Gegend und muss mit dir reden. Es geht um den Fall mit der Kleinen. Du weißt schon. Ich möchte mit dir persönlich sprechen. Können wir uns sehen?“

Katharinas Herz schlug schneller. War es die Angst davor, wieder mit dem alten Fall konfrontiert zu werden? Sie hatte sich damals die Schuld dafür gegeben, dass der Täter nicht ermittelt werden konnte und ihren Job beim LKA aufgegeben. Oder war es wegen Bernd? Unwillig runzelte sie die Stirn. So ein Quatsch. Wie kam sie auf so eine Idee?

„Klar. Ich würde mich freuen. Ruf mich auf dem Handy an, wenn du hier bist. Wir machen dann etwas aus“, schlug sie ihm vor.

„Okay. Dann lass mal hören.“

Katharina gab ihm die Nummer durch und wollte ihm auch gerade ihre Adresse mitteilen, als die Tür aufgerissen wurde.

„Kommt, Leute! Es geht los!“, rief Frank und war auch schon wieder draußen.

„Ich muss los! Wir hören voneinander“, sagte Katharina und legte auf.

Sie trafen zeitgleich mit einem Streifenwagen an Kablonskys Adresse ein. Nur wenige Minuten später hielt ein schwarzer Audi A5 Kombi. Im Kofferraum erkannte Katharina eine Hundebox. Ein großer, schlanker Mann in Jeans und Iron Maiden T-Shirt stieg aus, griff sich einen silbernen Metallkoffer und trat zu ihnen.

„Sennesfeld“, stellte er sich vor.

„Ich bin der Amtstierarzt. Dr. Basten hat mich gebeten herzukommen. Ich soll einen Hund sedieren?“

„Saalmann, Mordkommission. Danke, dass Sie gekommen sind. Wir wissen noch nicht, wie die Situation sich entwickelt, aber es könnte sein, dass wir Ihre Hilfe brauchen.“

„Gut. Es ist ein Stafford, ja?"
„Genau! Es ist ein Staffordshire Terrier. Etwas um die 30 Kilo würde ich schätzen", sagte Katharina
„Haben Sie das Tier gesehen?"
„Tier und Herrchen", erwiderte sie.
„Wirkte er agressiv?"
„Falls Sie das Herrchen meinen. Ja! Der Hund eigentlich nicht."
Dr. Sennesfeld lächelte sie an.
„Vielen Dank für die Auskunft." Katharina lächelte ebenfalls. Sennesfeld war ihr auf Anhieb sympathisch.
„Na, dann wollen wir mal! Sie warten bitte erst einmal im Auto, Herr Sennesfeld."
Frank ging zur Haustür und klingelte. Ein lautes Bellen ertönte. Ansonsten rührte sich nichts.
Frank gab Katharina ein Zeichen und sie umrundete, gefolgt von Elmar Schock, das Haus. Der hintere Bereich war von einem hohen Zaun umgeben. Von hier aus konnte man nicht auf das Grundstück gelangen. Als sie gerade wieder zu den anderen gehen wollten, wurde die Terrassentür geöffnet und Tyson schoss auf sie zu. Erschrocken traten Katharina und Schock einige Schritte zurück. Der Hund war wirklich angsteinflößend. Er bellte wie verrückt und zeigte dabei sein beachtliches Gebiss.
Schnell gingen sie zum Vordereingang und berichteten, was gerade geschehen war. Frank klingelte daraufhin erneut und klopfte fest gegen die Haustür.
„Herr Kablonsky, hier ist die Polizei. Wir wissen, dass Sie da sind. Öffnen Sie die Tür!"
Keine Reaktion. Frank wiederholte die Ansage. Dann plötzlich wurde die Haustür weit aufgerissen und Kablonsky stand

breitbeinig vor ihnen.
„Wat is los?“, fragte er gedehnt. „Warum machen Se hier so ´n Abriss?“
„Alexander Kablonsky, ich muss Sie bitten, uns aufs Revier zu begleiten.“
„Wat, schon wieder? War doch erst vorgestern da“, feixte der.
„Sie sind vorläufig festgenommen, denn Sie stehen unter dem Verdacht, Klaus Werbold getötet zu haben.“
Das Grinsen auf Kablonskys Gesicht gefror.
„Seid ihr bekloppt? Damit hab ich doch nix zu tun!“
„Das wird sich dann herausstellen. Also?“
Kablonskys Blick ging hektisch hin und her, doch er sah wohl ein, dass er gegen die Überzahl der Polizeibeamten keine Chance hatte.
„Okay. Ihr werdet schon sehen, dat ihr den Falschen habt. Wat is mit mein Hund?“
„Wir werden uns um das Tier kümmern.“
„Na, dann viel Spaß dabei. Tyson hat nämlich sein eigenen Kopp, wenn ihr versteht, wat ich mein.“
Das unverschämte Grinsen begleitete Kablonsky, bis ihm die Handschellen angelegt worden waren und er im Streifenwagen saß.
Nachdem die Kollegen mit ihm davongefahren waren, winkte Frank den Tierarzt heran und Katharina fragte:
„Haben Sie das mitbekommen? Hört sich nicht so gut an, oder?“
„Der Typ wollte doch nur angeben. Wahrscheinlich ist das Hundchen ganz ungefährlich“, tönte Schock großspurig.
Der Amtstierarzt machte ein kritisches Gesicht.
„Der Hund ist in seinem Revier, das er sicher verteidigen wird, wenn sein Boss nicht da ist. Jetzt ist er nämlich der Boss. Von

ungefährlich kann da nicht die Rede sein."

„Und was machen wir jetzt?", wollte Frank wissen.

„Ich schaue mir das Tier erst einmal an", bestimmte Sennesfeld. „Ist es noch im Garten?"

„Anzunehmen", meinte Katharina und ging voraus.

Sobald der Hund sie bemerkte, zog er die Lefzen zurück und knurrte bedrohlich.

Dann sprang er laut bellend gegen den Zaun und gebärdete sich wie wahnsinnig.

Sennesfeld beobachtete ihn eine Weile und meinte:

„Keine Chance. Ich versuche es mit dem Köder."

Katharina und ihre Kollegen sahen ihm nun interessiert zu. Der Tierarzt zog Einmalhandschuhe an und entnahm dem Koffer eine Tupperdose und eine Tube. Mit einer Spritze zog er eine kleine Menge einer pastösen Flüssigkeit aus der Tube auf. Die Tupperdose enthielt, wie sich zeigte, rohes Fleisch. Sennesfeld spritzte die Flüssigkeit hinein und legte die gebrauchten Utensilien wieder zurück in den Koffer.

„Das Sedativum braucht ein wenig, bis es wirkt. Dann können wir den Hund zu meinem Auto bringen und in der Box sicher ablegen. Ich fahre anschließend mit ihm zu Dr. Basten. Wir werden die nötigen Untersuchungen durchführen und Sie so bald wie möglich informieren."

Dann trat er einen Schritt zurück, holte aus und warf das Fleisch in die Nähe des geifernden Hundes. Tyson wandte sich vom Zaun ab und roch interessiert an dem Futterbrocken. Es dauerte nur wenige Sekunden, bis er erkannt hatte, dass es etwas Leckeres war. Er verschlang das Fleisch auf der Stelle, leckte sich noch einmal über das Maul und fing danach sofort wieder an zu knurren und zu bellen.

„Braver Hund", sagte Sennesfeld. „Und jetzt müssen wir abwarten."

„Hätten Sie sich zugetraut, den Hund auch anders einzufangen, wenn er weniger aggressiv gewirkt hätte?“, wollte Katharina wissen.
„Im Rahmen meiner Ausbildung habe ich verschiedene Trainigseinheiten mit gefährlichen Hunden absolviert. Ich denke also schon, dass ich es auch anders versucht hätte. Kein Hund, egal welcher Rasse, ist nämlich von Natur aus böse. Aber das wissen Sie ja sicher.“
Katharina grinste. „Ich habe eine Border-Collie-Hündin. Ein wenig kenne ich mich also auch aus.“
„Ja die Border. Fordern einen ganz schön.“
„Was passiert mit Tyson, wenn Sie mit den Untersuchungen fertig sind?“
„Er wird ins hiesige Tierheim gebracht. Falls sein Herrchen wieder frei kommt, kann er ihn dort abholen.“
Katharina nickte. „Aber nur unter Auflagen. Soviel steht fest.“
„Er torkelt!“, rief Schock.
Und tatsächlich. Tyson bellte nicht mehr, sondern bemühte sich darum, auf den Pfoten zu bleiben. Das Narkosemittel war allerdings stärker. Der Hund fiel nach wenigen Augenblicken um und blieb, nach einem letzten Versuch wieder aufzustehen, auf der Seite liegen.
„Sollen wir?“, wollte Frank wissen.
Sennesfeld schaute auf die Uhr. „Moment noch. Wir müssen ganz sicher gehen, dass er wirklich ausgeknockt ist.“
Dem wollte niemand widersprechen.
Kurze Zeit später standen sie im Garten und schauten auf den schnaufenden Tyson hinunter.
„So groß ist der doch gar nicht“, meinte Schock.
„Aber kräftig, das können Sie mir glauben“, stellte Sennesfeld fest und band dem schlafenden Hund einen Maulkorb um.

„Würden Sie bitte den Koffer nehmen?“ Er drückte ihn Schock in die Hand, hob den Hund hoch und trug ihn zu seinem Wagen.

Nachdem er Tyson in die Hundebox gelegt und seinen Koffer verstaut hatte, verabschiedete er sich per Handschlag.

„Hat mich gefreut. Vielleicht sehen wir uns ja mal wieder.“

Er zwinkerte Katharina spitzbübisch zu und fuhr davon.

„So und wir schauen uns jetzt mal die Wohnung von unserem Freund Rakete genauer an. Vielleicht finden wir ja etwas, das unseren Verdacht erhärtet“, meinte Frank und holte die Einmalhandschuhe aus seinem Auto.

Kapitel 10

„Magst du noch ein Glas Wein?“

Katharina wedelte auffordernd mit der Flasche vor Beates Gesicht herum.

„Lieber nicht“, antwortete diese grinsend. „Muss schließlich noch fahren.“

Die beiden Frauen saßen seit einiger Zeit in Katharinas Wohnzimmer.

Es war quasi eine liebe Gewohnheit geworden, dass Beate vorbeikam und sie sich über die vergangenen Tage unterhielten. Katharina schätzte diese Besuche sehr. Sie mochte Beate und freute sich darüber, dass sie in den Augen ihrer neuen Freundin immer größere Fortschritte machte.

„Ich hätte wirklich nicht geglaubt, dass dir das Arbeiten so gut tut. Du bist fast wie neu, oder?“, wollte Beate wissen.

„Stimmt. Es ist ja auch ziemlich viel passiert, seit ich wieder ins Büro gehe. Das lenkt mich ab. Die freien Tage fand ich dagegen wirklich fade. Gut, dass die Wiedereingliederung jetzt vorbei ist.“

„Du warst aber doch beim Notar, oder?“

„Ja, war ich. Alles ist in trockenen Tüchern. Das Haus gehört nun mir allein.“

„Das ist gut“, sagte Beate. „Sehr gut. Und die Verhandlung? Gibt es mittlerweile einen Termin?“

„In zwei Wochen. Am 12ten.“ Katharina stockte.

„Das schaffst du! Und wenn es vorbei ist, bist du frei. Sie werden ihn für immer wegsperren.“

„Hoffentlich. Aber ich habe Angst vor dem Tag“, gab Katharina zu.

„Wenn es nicht so wäre, hätte ich wirklich einen Grund, mir um dich Sorgen zu machen. Angst zu haben ist völlig normal und auch richtig.“ Beate lächelte.

Katharina wechselte das Thema. Sie wollte nicht an den Tag denken, an dem sie Kai wieder gegenüberstehen musste.

„Hab ich dir eigentlich von den Untersuchungsergebnissen des Hundes erzählt?

„Bisher noch nicht. Schieß los!“ Beate setzte sich interessiert auf.

Dabei rutschte der Ärmel ihrer Bluse fast bis zum Ellbogen nach oben und Katharina konnte sehen, dass ihr Unterarm voller Narben war. Es waren alte Narben, schon weiß und verblasst, aber es waren viele. Ob Beate einen Unfall gehabt hatte? Beate bemerkte ihren Blick und schob hastig den Ärmel wieder nach unten.

„Frag nicht!“, sagte sie knapp.

Katharina nickte. Beate wollte nicht darüber sprechen und es ging sie auch nichts an. Wenn ihre Freundin ihr von der Herkunft der Narben erzählen wollte, würde sie es von sich aus tun. Einen Moment lang sahen die beiden Frauen sich schweigend an. Dann überbrückte Katharina den peinlichen Augenblick, indem sie auf Beates Aufforderung einging, als sei nichts gewesen.

„Also die Untersuchungsergebnisse. Du wirst es nicht glauben, aber nichts hat gepasst. Die Zahnabdrücke nicht und Tyson hat gesabbert und gehaart ohne Ende. Tollwut war auch keine im Spiel. Zumindest die Blutuntersuchung hat nichts dergleichen ergeben. Tyson hat Werbold definitiv nicht auf dem Gewissen.“

Man merkte, dass sie nicht wirklich von dem überzeugt war, was ihr Gegenüber erzählte.
Vera schob trotzig das Kinn vor. „Was würdest du denn denken, wenn du spürst, dass jemand in deiner Wohnung war?"
Beate hob übertrieben beschwichtigend die Hände.
„Sorry, aber ich kann mir das einfach nicht vorstellen. Nach allem, was Katharina mir von Frank erzählt hat, meine ich."
„Du stellst mich also als Spinnerin hin, die sich das alles nur ausdenkt?", fragte Vera und verzog ärgerlich, fast wütend das Gesicht.
„Das tut sie sicher nicht, Vera. Beruhige dich. Ich jedenfalls gebe Beate absolut recht", mischte sich Katharina ein, um die Situation zu entspannen.
„Frank würde so etwas niemals tun. Ich habe selten einen geradlinigeren Menschen kennengelernt. Frank hat dir den Schlüssel gegeben und basta. Damit hat es sich."
„Es ist aber wirklich jemand in meiner Wohnung gewesen."
Vera war den Tränen nah.
„Ich kann dir in diesem Fall nur raten, eine Anzeige gegen Unbekannt aufzugeben. Frank könnte dafür sorgen, dass jemand von der Spurensicherung zumindest einmal nach Fingerabdrücken sucht. Würde dir das helfen?"
Die zierliche blonde Frau nickte.
„Komm morgen früh ins Büro. Dann erledigen wir das."
„Wird Frank auch da sein? Ich würde ihn lieber nicht sehen. Du weißt schon."
„Das kann ich nicht sagen. Ich weiß aber, dass er sich sicher freuen würde, wenn er dir helfen kann."
„Danke, Katharina. Ich werde da sein." Vera stand auf.
„Du solltest dir ein anderes Schloss einbauen lassen. Dann fühlst du dich bestimmt gleich sicherer", schlug Beate vor,

doch Vera ignorierte den Vorschlag und wandte sich statt einer Antwort an Katharina.

„Oh, ich habe noch etwas vergessen. Jetzt halte du mich bitte nicht auch noch für total paranoid, aber als ich eben kam, lungerte so ein Typ vor deinem Haus herum und hat durchs Fenster geguckt. Ich habe, ‚he, Sie da!', gerufen. Er ist weggerannt und mit einem großen weißen Auto weggefahren. Anscheinend bin ich nicht die einzige, die Besucher hat. Vielleicht ein Verehrer?"

Katharina traute ihren Ohren nicht. Das war sicher der Mann, den sie selbst auch schon einmal gesehen hatte. Der mit dem Fernglas. Bisher war ihr allerdings nichts Ungewöhnliches mehr aufgefallen. Aber jetzt ...

„Danke für den Hinweis. Du scheinst leider recht zu haben. Ich werde meine Augen offen halten."

Nachdem Vera gegangen war, sagten weder Katharina noch Beate ein Wort.

Endlich brach Beate das Schweigen.

„Ich befürchte, ich bin der guten Vera auf dem falschen Fuß begegnet. Aber für mich klingt das alles einfach zu fantastisch. Glaubst du ihr?"

„Wenn du den Besucher vor meinem Haus meinst, dann auf jeden Fall. Ich habe ihn auch schon einmal gesehen. Er ist mit quietschenden Reifen abgehauen."

„Davon hast du mir nichts erzählt." Beate machte ein vorwurfsvolles Gesicht.

„Entschuldige. Ich fand es nicht so spektakulär. Idioten gibt es schließlich überall und ich habe ihn seither nicht mehr gesehen."

„Nur weil er danach scheinbar vorsichtiger geworden ist. Du musst Frank davon erzählen!"

„Ja, mach ich. Beruhige dich. Was Veras Besucher betrifft, bin ich noch im Unklaren. Ich glaube ihr auf jeden Fall, dass etwas verlegt wurde, aber ob sie es nun selbst war oder das Ganze nur nutzen möchte, um wieder Kontakt zu Frank aufzunehmen? Wir werden sehen."

„Aber sie hat doch gesagt, dass sie Frank nicht sehen möchte", gab Beate zu bedenken.

„Tja, ob das so stimmt? Keine Ahnung. Ich bin gespannt, ob sie morgen kommt. Die Spurensicherung wird schon herausfinden, ob ein Fremder in ihrer Wohnung war."

***

Am nächsten Morgen kam Katharina pünktlich auf dem Revier an. Gespannt wartete sie darauf, ob Vera eintreffen würde und tatsächlich klopfte es bereits zehn Minuten später an der Tür.

Katharina nahm alle Einzelheiten, die Vera ihr schilderte, schriftlich auf und bis Vera das Büro wieder verließ, waren weder Frank noch Elmar Schock aufgetaucht.

Gegen neun Uhr kam Frank, gut gelaunt mit zwei Bechern Kaffee in der Hand, herein.

„Guten Morgen, liebste Kollegin."

Katharina schaute ihn erstaunt und etwas ungläubig an.

„Was haben sie dir denn in den Kaffee getan?", fragte sie scherzhaft.

„Ach, ich bin nur froh, weil ich das Tränental meines Lebens scheinbar durchschritten habe."

„Heike hat dir verziehen?"

„Sagen wir mal so. Wir sind auf einem guten Weg. Wir planen einen gemeinsamen Urlaub. Das wird uns guttun. Ich werde

dann auf jeden Fall drei Wochen weg sein. Schaffst du das?"
„Oh mein Gott. Ich und Schock drei Wochen lang allein in diesem Büro? Niemals."
Katharina lachte. „Wann kommt eigentlich der alte Brummbär wieder? Außer einer Karte aus der Reha haben wir ja nicht viel von ihm gehört."
„Meines Wissens dauert es noch eine Zeit lang, bis er heimkommt. Danach geht es ihm aber genauso wie dir. Wiedereingliederung. Es sei denn ..."
„Was meinst du?" Katharina ahnte Schlimmes.
„Naja, er könnte versuchen, in Pension zu gehen. Wenn der Amtsarzt mitspielt."
„Der soll sich bloß nicht wagen. Ich brauch ihn hier. Mit dem jungen Schnösel werde ich nie warm."
„Jetzt sei nicht ungerecht, Katie. Wir hatten es mit dir anfangs auch nicht leicht. Schon vergessen?"
Katharina biss sich auf die Lippen. Frank hatte recht. Auch sie war anfangs ziemlich arrogant und von sich selbst überzeugt dahergekommen und es hatte eine Weile gedauert, bis sie sich alle drei aufeinander eingespielt hatten.
„Sorry. Ich nehme es zurück. Geben wir Schockschwerenot noch eine Chance."
Wie auf das Stichwort wurde die Tür mit Schwung geöffnet und Elmar Schock betrat den Raum. Er hielt eine Tüte in der Hand und erklärte strahlend:
„Ich habe Donuts mitgebracht. Na, wie bin ich?"
„Sie sind der Größte, Herr Schock. Na, dann können wir ja anfangen.
Das Telefon klingelte.
„Bitte sehr, Herr Kollege."
Während Schock den Anruf entgegennahm, erzählte Katha-

rina Frank von Veras Besuch und der Anzeige.
„Ich frage Wittmann, ob er jemand hinschicken kann“, antwortete Frank besorgt und griff ebenfalls zum Hörer.
Nachdem er das erledigt hatte, berichtete ihm Katharina auch noch von ihrem abendlichen Besucher. Frank machte ein nachdenkliches Gesicht.
„Du hast den Wagen vorher noch nie gesehen?“
„Nein. Er kam mir nicht bekannt vor.“
„Und das Kennzeichen auch nicht?“.
„Das konnte ich ja nicht sehen. Der fuhr zu schnell und war auch zu weit weg, um es zu erkennen.“
„Soll ich dir einen Kollegen zum Schutz abstellen?“
Katharina prustete los. „Jetzt übertreib mal nicht. Das ist irgendein Spinner, der über mich in der Zeitung gelesen hat. Außerdem hab ich doch Ella.“
„Die gestern Abend nicht angeschlagen hat, als der Kerl vor deinem Fenster herumkroch.“ Katharina zog die Nase kraus. Da hatte Frank allerdings recht.
„Glaub mir! Sie hätte dem Blödmann die Hölle heiß gemacht, wenn sie ihn gehört hätte. Ich mache mir da überhaupt keine Sorgen.“
„Nun gut. Deine Entscheidung. Aber wenn du wieder etwas bemerkst, sagst du sofort Bescheid und wir werden uns den Typen schnappen. Okay?“
„Ja, Chef, versprochen. Und ich werde ...“
„Jetzt werden Sie staunen“, unterbrach die Stimme Elma Schocks ihr Gespräch.
Frank schaute ihn genervt an.
„Herr Schock. Hat Ihnen niemand beigebracht, dass man sich nicht in Gespräche anderer einmischt?“
„Schon“, meinte der Angesprochene pikiert. „Aber wenn es der

Durchbruch beim Werbold-Fall sein könnte?“

Augenblicklich verschwand der ärgerliche Ausdruck von Franks Gesicht und er schaute Schock interessiert an.

„Na, dann lassen Sie mal hören!“

„Das Telefonat eben. Es war eine der Damen von Werbolds ehemaliger Arbeitsstelle.“

„Und? Kommen Sie auf den Punkt!“

„Sie hat Werbold einige Tage vor dem Auffinden seiner Leiche mit einer Frau zusammen gesehen.“ Schock machte ein triumphierendes Gesicht.

„Schön und gut, aber wieso sollte das der Durchbruch sein?“

Schock hatte sich dieses Mal tatsächlich schriftliche Notizen gemacht, statt sein geliebtes Smartphone zu benutzen. Nun schaute er noch einmal nach, was er geschrieben hatte.

„Sie sagte, Werbold sei von der Frau zu einem Getränk eingeladen worden. Da wäre er noch einigermaßen nüchtern gewesen. Kurze Zeit später sei die Frau mit ihm hinausgegangen. Er hätte kaum noch gehen können. Sie stützte ihn und beide verschwanden nach draußen.“

„K.-o.-Tropfen“, vermutete Katharina.

„Könnte hinkommen. Sie betäubt ihn und fährt mit ihm in die Nähe des Steinbruchs“, sinnierte Frank.

„Eine Frau? Das hätte ich nicht vermutet“, gab Katharina zu. „Bei der Art von Verletzungen, die ihm zugefügt wurden, hätte ich auf einen Mann geschlossen.“

„Wo ist die Zeugin jetzt?“

„Sie hat mir ihre Adresse genannt. Moment. Hier steht sie.“ Schock deutete auf einen seiner bekritzelten Zettel.

„Das sollten wir uns genauer anschauen. Katharina, wir fahren. Sie bleiben hier!“, wandte er sich an Schock und griff nach dem Zettel.

„Jemand muss verfügbar sein, falls sich noch weitere Zeugen melden sollten."
Schocks Protest wurde tunlichst von Frank überhört und sie verließen das Büro.

***

Die Fahrt zur Wohnung der Zeugin wäre eigentlich nur kurz gewesen, denn sie wohnte in einem Vorort der Stadt. Hans-Walter hatte Katharina einmal erzählt, dass die eingemeindeten Stadtteile früher kleine, beschauliche Dörfer gewesen waren. Davon merkte man heute natürlich nichts mehr und der Verkehr war wieder einmal nervraubend. So zog sich die Fahrt hin, während sie im Stopp and Go immer von Ampel zu Ampel krochen.
„Habt ihr euch schon ein Urlaubsziel ausgesucht?", fragte Katharina beiläufig.
„Wahrscheinlich Griechenland oder Spanien. Jedenfalls wollen alle drei Saalmanns ans Meer. Wir sind nicht so die Wanderfreunde. Aber das weißt du ja", gab Frank zur Antwort.
„Ja, Meer wäre schön." Katharina sah verträumt aus dem Fenster.
Der Rufton ihres Handys unterbrach ihre Gedanken.
„Münz", meldete sie sich. „Schilling", antwortete der Anrufer und lachte.
„Hallo, Katie. Ich stehe hier auf dem Hauptbahnhof und werde mir gleich die Stadt anschauen. Hättest du heute Abend Zeit und Lust, mit einem alten Kollegen abzuhängen?"
„Hallo, Bernd. Heute Abend sagst du? Und du bist jetzt in der Stadt? Mmh? Ich könnte dich nach der Arbeit einsammeln und wir fahren zu mir nach Hause. Was meinst du?"

„Ich möchte dir keine Umstände machen. Ich dachte, wir gehen etwas essen oder so."
„Erstens macht mir das keine Umstände und zweitens muss ich nach Hause wegen Ella?"
„Ella?", fragte Bernd.
„Mein Hund. Ach, das weißt du ja nicht. Ich habe einen Hund. Ella. Und die wartet auf mich. Wenn du also Lust auf einen Spaziergang in der guten Hochwälder Luft hast, dann hole ich dich ab."
„Natürlich, gerne. Meldest du dich und sagst mir wo?"
„Mach ich. Es wird wohl so 16 bis 17 Uhr werden."
„Kein Problem. Ich freue mich. Bis später."
„Bis später", verabschiedete sich auch Katharina.
Gedankenverloren steckte sie das Handy wieder ein.
Sollte sie etwas kochen? Nein, lieber nicht. Ihre Kochkünste hielten sich nach wie vor in Grenzen. Sie würde einfach etwas Leckeres bestellen.
„Na?" Frank grinste sie von der Seite her an.
„Hat da jemand etwa eine Verabredung?"
Katharina merkte, dass sie rot wurde. Das durfte doch wohl nicht wahr sein.
Schnell schaute sie aus dem Fenster und räusperte sich.
„Es ist nur ein ehemaliger Kollege vom LKA. Er ist zufällig in der Gegend. Nichts Aufregendes."
„Na, dann", erwiderte Frank, doch Katharina wusste, dass er mehr vermutete. Soll er doch, dachte sie trotzig. Für die nächsten hundert Jahre habe ich genug von Beziehungen. Ob Herr Saalmann das nun glaubt oder nicht.
„Wir sind gleich da", änderte sie das Thema.
Frank nickte. „Hier um die Ecke müsste es sein."
Er bog rechts in eine Seitenstraße ein und hielt vor einem

schmucken Einfamilienhaus. Weiße Fassade, gepflegter Vorgarten, ein silberner Golf vor der Garage. Nichts deutete darauf hin, welchem Beruf die Hausbesitzerin nachging.
Wieso auch? Geht doch niemanden etwas an, dachte Katharina, stieg aus und ging gemeinsam mit Frank zur Haustür. Sie läutete und kurz darauf öffnete eine große, schlanke Frau.
„Frau Schmied?“, fragte Frank und zückte seinen Dienstausweis. Katharina tat es ihm gleich.
„Ach, Sie sind es. Ich hatte Sie ehrlich gesagt schon etwas früher erwartet“, meinte Frau Schmied und hielt die Haustür auf.
Nachdem Katharina und Frank eingetreten waren, wies sie ihnen den Weg in ein gemütlich eingerichtetes Wohnzimmer und zeigte auf eine weiße Ledercouch. „Bitte, nehmen Sie Platz. Möchten Sie etwas trinken?“
Beide verneinten. Frau Schmied zog sich einen Ledersessel heran und setzte sich. Katharina betrachtete ihr Gesicht. Sie schätzte sie auf Mitte bis Ende dreißig. Eine sehr attraktive Frau. Hohe Wangenknochen, schräge grüne Augen und volle sinnliche Lippen. Obwohl sie ungeschminkt war und sie sich ihre schulterlangen Haare zu einem einfachen Zopf zusammengebunden hatte, konnte sich Katharina problemlos vorstellen, wie sie auf Männer wirken musste, wenn sie zurecht gemacht war. Eine Schönheit. Sie hätte sicher auch Modell werden können, dachte Katharina und begann mit der Befragung.
Wie sich herausstellte, hatte Frau Schmied an dem besagten Abend in dem Lokal mit einem Herrn, wie sie sagte, etwas getrunken.
„Ich habe nicht gearbeitet, wenn Sie verstehen. Jedenfalls war Kalle auch da. Wie eigentlich immer.“
„Sie kannten Klaus Werbold durch die Arbeit?“

„Ja, er war eine Art Urgestein im Center. Er wusste alles, kannte jeden und konnte auch alles besorgen, was man so braucht."

„Verstehe. Hatten Sie ein gutes Verhältnis zu ihm?"

„Nein!" Die Antwort kam schnell und ehrlich.

„Kalle war ein Dreckskerl. Er kannte nur seinen eigenen Vorteil. Ein schmieriger, ekliger Typ. Er hielt sich selbst aber für den Größten. Ein Arschloch eben."

„Und er hielt sich häufig in dieser Kneipe auf?", wollte Katharina wissen.

„Ja, eigentlich war er nach Mitternacht immer dort. Um den Tag ausklingen zu lassen. Das sagte er jedenfalls. Meistens trank er ein paar und manchmal versuchte er auch, jemanden abzuschleppen. Da hatte er aber schlechte Karten. Bis auf diesen Abend mit der Dunkelhaarigen."

„Wann war das?"

„Ich denke so ungefähr vor zwei Wochen. Es war ein Freitag, das weiß ich noch."

„War es vielleicht Freitag, der 17. Juni?"

„Stimmt. Am nächsten Tag hatte nämlich eine Freundin von mir Geburtstag. Jedenfalls war ich total überrascht, dass eine Frau ihn zu einem Getränk einlädt. Deshalb habe ich mir das Ganze etwas genauer angesehen."

„Klaus Werbold ging also zu der Frau hinüber? Wie sah sie aus?"

„Nicht besonders groß. Auf jeden Fall kleiner als ich. Schmal. Kinnlange dunkle Haare. Dunkelbraun oder sogar schwarz, würde ich sagen. Sie hatte eine Sonnenbrille auf. Hätte sie dort eigentlich nicht gebraucht. Es war ja ziemlich dunkel in der Kneipe. Aber da sind so viele komische Gestalten unterwegs. Warum also keine Sonnenbrille? Wenn man nicht erkannt werden möchte?"

„Könnten Sie ihr Alter schätzen?"
„Schwierig", meinte Frau Schmied.
„Aber ich würde sagen zwischen 35 und 45."
Frank nickte. „Okay und Klaus Werbold setzte sich dann zu der Frau an den Tisch. War er da noch nüchtern?", wollte er wissen.
„Er hatte sicher schon ein paar Bierchen intus. Aber gerade gehen konnte er auf jeden Fall noch. Er hat ganz cool getan und sie angequatscht. Sie hat gelächelt und mit ihm angestoßen. Ich habe nur gedacht. Irgendetwas will sie wohl von ihm. Vielleicht Drogen oder einen Job im Center. Keine Ahnung. Aber ohne einen guten Grund trinkt man nicht freiwillig mit Kalle."
Katharina machte sich einige Notizen.
„Wie viel Zeit verging, bis die beiden das Lokal verließen?", wollte sie wissen.
„Oh, das ging ziemlich schnell. Vielleicht eine Viertelstunde oder so. Und da konnte Kalle sich kaum noch auf den Beinen halten. Dabei hatten sie keine neuen Getränke bestellt. Vielleicht war er vorher ja doch betrunkener gewesen als ich angenommen hatte. Aber etwas kam mir komisch vor."
„Was meinen Sie", Katharina runzelte die Stirn.
„Naja, die Frau war überhaupt nicht nervös oder wirkte von der Situation überfordert oder so. Sie hat ihn sich geschnappt und rausgebracht, als wäre das für sie das Normalste auf der Welt. Ich würde mir wahrscheinlich Hilfe suchen, um so einen schweren Kerl rauszuschleppen. Nix dergleichen. Sie hat das sowas von schnell erledigt. Die Aktion hat außer mir sicher niemand mitbekommen."
„Und Sie sind sich sicher, dass kein Mann bei der Frau war, der ihr geholfen hat?", wollte Katharina wissen.

Frau Schmied stülpte die Unterlippe vor und schüttelte den Kopf.
„Ich habe keinen Mann in ihrer Nähe gesehen. Außer Kalle natürlich."
„Können Sie sich daran erinnern, was die Frau anhatte?"
„Was Schwarzes. Jeans oder Stoffhose und eine schwarze Lederjacke."
„Und sie ist Ihnen vorher noch nie dort begegnet?"
„Nein, noch nie", meinte Frau Schmied überzeugt.
„Sie haben die beiden nicht wegfahren gesehen?", wollte Frank wissen.
„Doch, hab ich. Kurz nachdem die beiden raus waren, ist ein Auto weggefahren. Aber bevor Sie fragen. Die Farbe konnte ich nicht erkennen. Dunkel war das Auto. Mehr weiß ich allerdings nicht."
„Sie haben uns sehr geholfen." Katharina lächelte der Frau zu.
„Hier ist meine Karte. Falls Ihnen noch etwas einfällt ..."
„Dann melde ich mich", antwortete Frau Schmied freundlich.
Sie legte die Karte auf den Couchtisch und brachte die beiden hinaus. Während sie zurückfuhren, dachte Katharina angestrengt nach.
Es passte einfach nicht. Sie seufzte.
„Ein Euro für deine Gedanken", grinste Frank.
„Ach, ich kann mir beim besten Willen nicht vorstellen, dass unser Täter eine Frau sein soll", gab Katharina zu.
„Das Tatmuster, die Brutalität der Ausführung und auch die Kraftanstrengung, die notwendig war, um Werbold dort oben hin zu bekommen ...
All das passt eher zu einem Mann."
„Da magst du ja recht haben, aber Tatsache ist, dass wir nun nach einer Frau fahnden", sagte Frank.

„Nach einer Frau mit schwarzen Haaren."

***

Zurück im Büro empfing sie ein übellauniger Elmar Schock.
„Haben Sie sich etwa gelangweilt, Herr Schock", fragte Frank freundlich.
„Hm", grummelte der Angesprochene. „Hier war sowas von überhaupt nichts los. Ich habe ein Computerspiel nach dem anderen durchprobiert."
„Na, dann wollen wir das doch schnell einmal ändern. Fürs Spielen werden Sie ja schließlich nicht bezahlt. Wir fahnden nach einer Frau um die vierzig, klein, schlank, dunkles kinnlanges Haar. Ich denke, Sie sollten sich einmal unsere Fahndungskartei anschauen. Vielleich ist die gesuchte Frau dabei."
Schock gab ein unverständliches Gebrummel von sich und rümpfte die Nase. Der Job passte ihm offensichtlich nicht besonders.
„Möchten Sie noch etwas hinzufügen", wollte Frank wissen.
„Ja, möchte ich. Gleich kommt ihr ehemaliger Kollege. Hat die ganze Zeit über rumgeflucht. Warum Sie, verdammt noch mal nicht da wären, wenn er anruft und so weiter."
Frank und Katharina wechselten einen Blick und grinsten sich an.
„Sie sollen sich auf etwas gefasst machen, hat er gesagt. Ich glaube, mit dem ist nicht gut Kirschen essen."
„Das werden Sie ja dann gleich selbst herausfinden."
Katharina lachte, während Schock sich an seinem Computer zu schaffen machte.
„Na das ist ja eine schöne Überraschung. Mit Hans-Walter hatte ich ja noch gar nicht gerechnet", stellte Frank fest.

„Er hat bestimmt Sehnsucht nach uns. Das muss seine Heilung beschleunigt haben“, grinste Katharina.

„Also wenn wir gleich Besuch bekommen, dann könnte ich ja mal einen Abstecher in die Konditorei unseres Vertrauens machen, findest du nicht?“

Katharina nickte.

„Würdest du in der Zeit den Bericht ...?“, fuhr Frank mit einem schiefen Lächeln fort.

„Irgendwie habe ich mir schon so etwas gedacht“, seufzte Katharina und setzte sich an ihren Schreibtisch.

Etwa eine Dreiviertelstunde später wurde die Tür schwungvoll geöffnet und ein sichtlich erschlankter Hans-Walter betrat den Raum.

„Na, ist es denn zu fassen?“, dröhnte seine Stimme den Kollegen ins Ohr.

„Sitzen die hier einfach rum, statt mir den roten Teppich auszurollen und mich mit Blumen und Pralinen zu begrüßen. Was für ′ne Wirtschaft.“

Dabei strahlte er über das ganze Gesicht. Katharina sprang auf und fiel ihm um den Hals. „Oh wie schön, dass du wieder da bist.“

Auch Frank war aufgestanden und umarmte seinen Kollegen herzlich.

„Mann du bist ja ganz schön dünn geworden. Haben sie dir in der Reha nichts zu essen gegeben?“

Hans-Walter lachte und schlug sich auf den Bauch. „Fünfzehn Kilo, Leute. Ich buchstabiere für die Langsamdenker unter euch. F-Ü-N-F-Z-E-H-N.“

„Wow!“, staunte Katharina. „Wie hast du das denn geschafft?“

„Ach, ganz einfach“, winkte Hans-Walter ab. Er setzte sich auf Franks Schreibtischstuhl. „Man muss nur fast tot sein, dann

Schock quälte sich ein Lächeln ab.
„Wenn du meinst. Ich bin jedenfalls der Elmar. Wie wäre es mit einem Küsschen?"
Katharina lachte. „Nun wollen wir aber nicht gleich übertreiben. Komm und iss ein Stück Kuchen."
Schock stand auf, ging zu Hans-Walter hinüber und gab ihm die Hand.
„So ist es richtig, Jungchen. Halt dich immer gut mit den alten Säcken. Soll mich doch der Teufel holen, wenn wir aus dir nicht noch einen richtig guten Ermittler machen."
Hans-Walter war bester Laune und griff beherzt nach dem Kuchenteller, den Frank ihm reichte.
Katharinas Handy klingelte.
„Hallo, hier ist Margit Schmied, spreche ich mit Frau Münz?"
„Ja. Hallo, Frau Schmied. Was kann ich für Sie tun?
„Mir ist noch etwas eingefallen. Kurz nachdem die Frau mit Kalle hinausgegangen war, kam Michael rein. Er jobt manchmal in der Kneipe. Er könnte das Auto gesehen haben."
„Moment, ich schreibe mit."
Katharina machte den anderen ein Zeichen. Sofort verstummte das Gespräch. Sie griff nach einem Stift und setzte sich.
„So, Frau Schmied. Ich bin soweit. Wie sagten Sie, heißt der Mann?"
„Michael Vallendar. Der ist immer irgendwie philosophisch unterwegs, wenn Sie wissen, was ich meine. Der ewige Student. Hat für jeden eine Lebensweisheit parat. Aber er ist ganz in Ordnung. Manchmal arbeitet er hinter der Theke. Ich hoffe, das hilft Ihnen weiter."
„Wir werden uns darum kümmern. Vielen Dank für den Hinweis, Frau Schmied."
Sie verabschiedeten sich.

Katharina berichtete den Kollegen von dem neuen Hinweis und Frank ergänzte daraufhin die Informationen auf dem Whiteboard.
„Herr Schock, Sie werden heute abend zu der Kneipe fahren und sehen, ob Sie diesen Herrn Vallendar antreffen."
„Mach ich, Chef", gab Schock zur Antwort.
„Jetzt aber Kuchen", meinte Katharina gut gelaunt, als das Telefon im Büro klingelte.
Bevor Frank nach dem Hörer greifen konnte, drängte sich Hans-Walter vor und sagte:
„Lass mich rangehen! Habe schon lange nichts mehr Aufregendes gehört."
Mit einem Lächeln und einer auffordernden Handbewegung gab Frank ihm den Vortritt und Hans-Walter hob ab.
„Beumers, Mordkommission."
Die anderen beobachteten amüsiert seinen Gesichtsausdruck. Hans-Walter grinste sie verschwörerisch an und tat sehr professionell.
„Oh, hallo Günni. Immer noch in Wittlich? Dir gefällt es wohl im Knast. Hahaha. Mir geht's soweit wieder gut. Danke. Ja, den Fall haben wir hier bearbeitet. Seine Verhandlung ist in ungefähr zwei Wochen. Stimmt doch, oder? Was ist mit ihm?"
Sein Blick wurde ernst und huschte besorgt zu Katharina hinüber. Augenblicklich stellten sich ihre Nackenhärchen auf und ein Schauer überlief ihren Rücken. Etwas stimmte nicht, das spürte sie und es ging um Kai.
„Wann?", fragte Hans-Walter gerade.
„Wie konnte das passieren?" Seine Stimme nahm einen drohenden Unterton an und man merkte, dass er mit dem, was er hören musste, ganz und gar nicht einverstanden war.
„So eine Sauerei. Ich glaub's nicht", blaffte Hans-Walter.

„Das wird für euch ein Nachspiel haben. Darauf kannst du dich verlassen. Loser seid ihr da oben in Wittlich! Allemann."
Er knallte den Hörer so fest zurück auf die Ladestation, dass dieser daran abprallte und zu Boden fiel. Wütend hob Hans-Walter ihn auf und wiederholte die Prozedur. Erst dann sah er Katharina in die Augen. Sein Blick war ernst und mitfühlend.
„Was ist passiert? Sag schon! Irgendetwas mit Kai, stimmt´s?" Katharina´s Stimme klang heiser.
„Tut mir leid, Katie. Totale Scheiße sowas."
„Nun rede schon!", drängte auch Frank.
„Es gab eine Schlägerei bei der Essensausgabe. Keiner weiß, um was es eigentlich ging. Jedenfalls hatte einer der Knackies einen Löffel spitz geschliffen und damit Kai erwischt."
Katharina schlug die Hand vor den Mund.
„Wie schlimm ist es?" Frank sah besorgt zu ihr hinüber.
„Der Stich selbst muss nicht so wild gewesen sein. Kai ist aber natürlich zusammengeklappt und als er am Boden lag, haben einer oder mehrere der Mitgefangenen es für gut befunden, ihm gegen den Kopf zu treten."
Katharina entfuhr ein Keuchen.
„Günni sagt, es war das totale Chaos. Sie konnten nicht schnell genug eingreifen. Pah. So ein Scheiß. Zu wenig Leute haben die da. Das ist das eigentliche Problem ..."
„Wie geht es ihm?", unterbrach ihn Frank. „Sie werden die Verhandlung doch nicht verschieben müssen?"
„Verschieben ist gut", meinte Hans-Walter und blickte erneut zu Katharina.
„Kai hat ein schweres Schädel-Hirn-Trauma mit einer starken Einblutung. Er liegt im Koma und es sieht nicht so aus, als ob das je wieder gut werden könnte. Der ist nur noch Gemüse."

Frank verzog einmal mehr das Gesicht über Hans-Walters Wortwahl.
Katharina schloss die Augen. Die volle Wucht des Ausmaßes dieser Nachricht stürmte auf sie ein und nahm ihr fast die Luft zum Atmen. Kai würde nicht zur Rechenschaft gezogen werden können. Den Mann, den sie gekannt, geliebt und gehasst hatte, gab es nicht mehr. Sie würde die Tortour einer Gerichtsverhandlung, das Zusammensein mit ihm in einem Raum nicht durchstehen müssen. Es war vorbei!
Sie spürte gleichzeitig Wut, Trauer, Erleichterung und ...
War es Dankbarkeit? Oder war es die Hoffnung, nun endlich alles vergessen zu können?
„Katie?“, Franks Stimme klang besorgt.
Sie öffnete die Augen und atmete tief durch.
„Alles in Ordnung. Es geht mir gut.“
Als sie den Gesichtsausdruck ihrer Kollegen sah, musste sie lächeln.
„Wirklich. Alles gut. Ich komme damit klar. Ihr müsst mich nicht noch einmal in die Klapsmühle fahren.“
Erleichtert stieß Frank die Luft aus.
„Wir können an der Situation nichts mehr ändern. Willst du hinfahren? Nach Wittlich, meine ich.“
Katharina dachte kurz über den Vorschlag nach.
„Ehrlich gesagt, bin ich erleichtert, dass ich ihn nicht noch einmal sehen muss“, gab sie zu. „Nein, ich werde nicht hinfahren. Es muss ein Ende haben.“
„Da hast du absolut recht“, mischte sich Hans-Walter ein.
„Der Scheißkerl hat dir genug Leid angetan. Der Teufel soll ihn holen. Bei dem ist er nämlich in bester Gesellschaft.“
Katharina nickte ihm dankbar zu.
„Ich würde aber jetzt ganz gerne nach Hause fahren. Wäre das

in Ordnung, Frank?“
„Klar, es liegt außer der Sichtung der Fahndungskartei und dem Besuch in der Kneipe heute nichts mehr an und das übernimmt Herr Schock. Fahr ruhig und vergiss nicht, deinen Besucher mitzunehmen.“ Frank grinste.
„Scheinbar habe ich etwas verpasst“, maulte Hans-Walter.
„Den Bericht bist du mir noch schuldig, Katie.“
„Erzähle ich dir alles demnächst. Versprochen“, sagte Katharina, umarmte Hans-Walter und verließ das Büro.

***

Auf dem Weg zu ihrem Auto rief sie Bernd Schilling an und erklärte ihm, wo sie ihn abholen wollte. Bei der Fahrt zu ihrem Treffpunkt ließ sie ihren Gedanken freien Lauf. Kais Unfall war ein Schock, doch wenn sie ganz ehrlich zu sich selbst war, musste sie zugeben, dass sie es als eine gerechte Strafe für seine Taten empfand und sich ihre Betroffenheit über den Vorfall in Grenzen hielt. Kai würde niemandem mehr schaden können. Wäre er verurteilt worden, wer weiß, ob er nicht vorzeitig entlassen worden wäre.
Die Gedanken an ihn hätten sie immer verfolgt wie böse Geister. Ihr Leben lang. Immer hätte sie mit der Angst leben müssen, dass er auf einmal wieder auftauchen würde. Vor der Tür stehen könnte. Sie schauderte.
Doch nun hatte sie eine reelle Chance, einen neuen Weg zu beschreiten. Das Haus gehörte ihr, sie wusste, wo sie bleiben wollte und mit der Zeit würde sie die Gedanken an Kai abstreifen können wie eine ungeliebte, schmutzige Jacke.
Sie parkte den Wagen und sah sich um. Bernd war noch nicht zu sehen. Damals in Mainz hatten sie sich wirklich sehr gut

verstanden. Bernd war ein zurückhaltender und freundlicher Kollege gewesen. Ein ehrlicher Kerl, mit dem man Pferde stehlen konnte. Zwischen ihnen beiden hatte es aber ebenfalls eine gewisse Anziehung gegeben. Katharina grinste. Es hatte ordentlich geknistert zwischen ihnen. Aber daraus konnte nichts werden. Bernd war in einer festen Beziehung mit Miriam. Er kannte sie schon seit dem Kindergarten. Sicher waren die beiden mittlerweile verheiratet und hatten jede Menge Kinder.

Katharina spürte kurz wieder das Gefühl aufkommenden Neides, doch sie ließ es nicht zu. Hoffentlich wusste Miriam, welches Glück sie hatte, einen Partner wie Bernd zu haben. Er war ein sehr gefühlvoller und sensibler Mensch. Für einen Mann in seinem Beruf eher ungewöhnlich. Ebenso wie sie hatte ihn der Fall um das kleine blonde Mädchen sehr mitgenommen.

Doch Katharina hatte nur sich allein die Schuld dafür gegeben, dass der Mord nicht aufgeklärt werden konnte. Sie war fest davon überzeugt, etwas übersehen zu haben. Nur dies hatte dazu geführt, dass der Täter nicht ermittelt werden konnte. Dabei war sie sich so sicher gewesen, dass es dieser eine Typ gewesen war. Urban Ganzweiler. Ein Nachbar der Kleinen. Er war sehr schnell in ihren Fokus geraten. Das Profil stimmte und sein Alibi schien nicht wasserdicht. Er musste es einfach gewesen sein. Sie versteifte sich völlig auf den Kerl und verwarf alle anderen Möglichkeiten. Sie beharrte auf einem DNA-Vergleich. Ganzweiler stimmte überraschenderweise sofort zu. Doch die Proben stimmten nicht überein. Auch die Wiederholung des Tests brachte kein anderes Ergebnis. Katharina war am Boden zerstört. Wie war es möglich, dass sie sich so getäuscht hatte? Ganzweiler wurde entlassen. Niemals würde

kann's einem gehen, wenn man Pech hat."
„Wem sagst du das", antwortete Katharina spontan. „Es tut mir leid, dass es mit euch nicht geklappt hat. Du hast immer so lieb und begeistert von Miriam erzählt."
„Muss dir nicht leid tun. Mir geht es prima. Wer weiß, wofür es gut war. Eine Ein-Mann-Wohngemeinschaft hat doch auch was. Und wie sieht es bei dir aus?"
„Einiges wirst du ja mitbekommen haben", antwortete Katharina ausweichend.
„Sicher. Eine schlimme Sache. Erst der Schwager und dann dein Lebenspartner. Wie verkraftet man das?"
„Gar nicht", meinte Katharina trocken. „Wir reden später darüber. Okay?"
„Wie du willst. Später oder gar nicht. Liegt ganz bei dir."
Katharina nickte dankbar und sie fuhren eine Weile schweigend weiter.
„Schöne Gegend habt ihr hier", meinte Bernd nach einiger Zeit. Dabei schaute er aus dem Fenster, wo sich Wiesen, Felder mit Getreide und Waldstücke abwechselten.
„Da hast du recht. Deshalb habe ich auch beschlossen, trotz allem, was passiert ist, hier wohnen zu bleiben. Natürlich auch wegen Ella."
„Kann ich verstehen. Mir würde es hier auch gefallen. Aber ich glaube, tief in meinem Inneren bin ich der absolute Stadtmensch."
„Das habe ich früher auch von mir gedacht. Du weißt doch noch, dass ich den Sportwagen hatte und so."
„Ja klar. An den kann ich mich gut erinnern. Du hast ihn ja mittlerweile gegen eine Familienkutsche eingetauscht. Ich war schon etwas überrascht, muss ich zugeben."
Katharina lachte kurz auf.

„Da siehst du, wie sehr ich mich verändert habe. Mittlerweile könnte ich mir gar nicht mehr vorstellen in der Stadt zu wohnen. Dass ich dort arbeite, reicht mir völlig. Hier oben kann ich mich prima erholen. Ich habe sogar einen Garten."
„Wow. Nicht zu glauben." Bernd schmunzelte.
„Und ich könnte mir sehr gut vorstellen, in der Gegend Urlaub zu machen. Viel frische Luft, wandern, Rad fahren und die Seele baumeln lassen. Aber hier leben ..."
„Dir würden die abendlichen Abstecher in diverse Kneipen zu sehr fehlen, habe ich recht?"
Nun lachte Bernd.
„Erwischt. Seit ich Single bin, leiste ich mir ab und zu ein paar schlechte Angewohnheiten."
„Ich will es gar nicht so genau wissen", grinste Katharina. „Wir sind da."
Sie bog in die Einfahrt zum Haus ein. „Tata! Meine bescheidene Hütte."
Bernds bewundernder Blick blieb ihr nicht verborgen und sie freute sich sehr darüber.
„Mensch, Katie. So ein großes Haus hast du? Ich hatte mir eher eine Art Waldhütte vorgestellt. Das hier muss ja Unmengen gekostet haben."
„Das ist der Vorteil, wenn man weiter weg von der Stadt wohnt. Hier sind die Häuser noch bezahlbar. Sogar von einem kargen Polizistengehalt. Komm! Lass uns reingehen."
Sie stiegen aus und gingen auf die Haustür zu, als Katharina etwas bemerkte.
„Auch Bernd hatte gesehen, was dort vor der Tür auf der Fußmatte lag und lachte. „Es scheint noch andere Vorteile zu haben, wenn man hier wohnt. Wer ist denn der Verehrer?"
Katharina starrte ungläubig auf die langstielige rote Rose, die

dort platziert worden war. Wer sollte ihr Blumen vor die Tür legen?

„Warte!“, sagte sie zu Bernd und rannte Richtung Straße. Hektisch ließ sie ihren Blick nach rechts und links gleiten. Nichts!

Sie konnte keinen weißen Wagen entdecken.

Wahrscheinlich hatte der Kerl sich schon längst aus dem Staub gemacht.

Als sie zum Haus zurückging, schaute ihr Bernd amüsiert entgegen.

„Wolltest du dich noch schnell bei dem Blumenlieferanten bedanken?“

„Nein, ich wollte ihn anzeigen. Der Typ stalkt mich. Schleicht um das Haus herum und beobachtet alles. Mistkerl.“

Sie hob die Rose auf und betrachtete sie. Sie war sehr schön. Spontan entschied Katharina, sie nicht in die Mülltonne zu stecken, so wie es ihr erster Impuls gewesen war. Die Rose konnte schließlich nichts für ihren durchgeknallten Käufer.

„Solche Psychos gibt es leider nicht nur in der Stadt. Die können echt gefährlich werden, wie du sehr gut weißt. Du solltest etwas gegen ihn unternehmen“, stellte Bernd fest.

„Würde ich ja, wenn ich wüsste, wer er ist. Ich konnte bisher noch nicht einmal die Autonummer feststellen. Aber irgendwann kriege ich ihn.“

Sie sperrte die Haustür auf und wie eine Kanonenkugel schoss Ella heraus und sprang, vor Freude winselnd, um sie herum. Bernd war begeistert und tobte ausgelassen mit dem Hund im Garten.

Nach der stürmischen Begrüßung zeigte Katharina ihm das neu eingerichtete Gästezimmer im ersten Stock. Dass es einmal Kais Arbeitszimmer gewesen war, erwähnte sie nicht.

Anschließend machten sie zu dritt einen ausgedehnten Spaziergang. Zuerst zeigte Katharina Bernd das Dorf und natürlich die Dorfkneipe, was er mit einem lauten Lachen quittierte. Danach wanderten sie über eine Stunde durch den angrenzenden Wald und auf einmal hatte Katharina das Bedürfnis, ihm alles zu erzählen. Sie erzählte von Kais momentanem Zustand. Sie erzählte vom Christophorus-Fall, von Kais Bruder Wolfgang, Kais Mittäterschaft, ihrem Nervenzusammenbruch und dem Klinikaufenthalt. Es fiel ihr überhaupt nicht schwer, denn Bernd war ein guter Zuhörer, dem sie vertraute, der sie kaum einmal unterbrach und wenn doch, immer die richtigen Fragen zu stellen schien. Als sie schließlich geendet hatte, nahm Bernd sie in die Arme und hielt sie eine Weile, ohne ein Wort zu sagen. Katharina fühlte sich erleichtert und geborgen. Auf einmal kamen ihr die Tränen. Es brach aus ihr heraus und sie konnte nichts dagegen tun. Katharina weinte bis sie dachte, sie sei völlig leer. Trotzdem fühlte sie, dass es richtig gewesen war, Bernd in ihre Gedanken und Gefühle einzuweihen. Endlich konnte sie die Wut, die sie auf Kai verspürte, zulassen und sich selbst eingestehen, wie verletzt und verletzlich sie doch in Wirklichkeit war. Vor Bernd musste und wollte sie sich nicht verstellen. Sie hatte dieses scheußliche Kapitel ihres Lebens überstanden. Sie lebte noch. Schließlich beruhigte sie sich, wischte sich über die Augen und atmete tief durch. Den Rückweg zum Haus legten sie schweigend und wie selbstverständlich Hand in Hand zurück.

***

Knapp zwei Stunden später saßen sie bei einer Flasche Rotwein im Wohnzimmer. Bernd lag auf der ledernen Couch, Katharina hatte es sich ihm gegenüber in ihrem geliebten Ohrensessel bequem gemacht. Sie schwenkte den Wein in ihrem Glas und schaute sinnend der roten Flüssigkeit bei ihren kreisenden Bewegungen zu.

„Mann, bin ich satt", stöhnte Bernd. Katharina grinste.

„Kein Wunder. Du hast schließlich noch die Hälfte meiner Pizza verdrückt."

„Na, die konnte ich doch nicht kalt werden lassen. Du isst ja nur wie ein Spatz. Ich frage mich, warum du noch nicht verhungert bist."

Katharina lachte. „Die Pizza war riesig. Und ich bin pickepackesatt. Das kannst du mir ruhig glauben. Verhungern werde ich ganz bestimmt nicht."

Bernd nahm einen Schluck Rotwein. Dann schaute er Katharina ernst an.

„Soll ich dir jetzt von unserem ehemaligen Fall erzählen?"

„Sicher. Deswegen bist du ja schließlich hergekommen." Katharina erwiderte seinen Blick mit einem Lächeln.

„Nicht nur aus diesem Grund und das weißt du genau, Katie. Ich war froh eine Möglichkeit zu haben, dich wiederzusehen."

„Du Charmeur. Leg los!" Katharina versuchte ihre innere Anspannung zu unterdrücken. Es war eine schreckliche Tat gewesen. Melanie, eine Sechsjährige mit blonden Haaren und dem unschuldigen Gesicht eines kleinen Engelchens, war nachts aus ihrem Zimmer entführt worden. Der Täter musste nicht einmal einbrechen, denn das Fenster zu ihrem Zimmer war nach der Hitze des Sommertages offen gewesen, um die kühle Abendluft ins Haus zu lassen. Als die Mutter es gegen 22 Uhr schließen wollte, war Melanie verschwunden. Trotz einer sofort eingeleiteten großflächigen Suche blieb das Kind für zwei Tage unauffindbar. Dann fanden Spaziergänger ihre geschändete, schrecklich zugerichtete Leiche. Der Täter hatte ihr die Augen ausgestochen und zwei Murmeln in den Augenhöhlen platziert. Auch in sämtlichen anderen Körperöffnungen des Kindes fand man Gegenstände ...

„Ich weiß, dass du dir immer die Schuld daran gegeben hast, dass Melanies Mörder nicht gefasst wurde."

„Wie denn auch nicht? Ich hätte mich nicht so sehr auf den Nachbarn versteifen sollen. So konnte der tatsächliche Täter untertauchen. Ich war nicht flexibel und offen genug für andere Möglichkeiten. Ein guter Fallanalytiker muss das aber sein."

„Okay, vielleicht hast du recht und du hättest noch nach anderen Seiten ermitteln müssen. Damals jedenfalls. Es hätte aber so oder so nichts gebracht."

„Was meinst du damit?" Katharina runzelte die Stirn.

„Wir haben den Täter von Melanie verhaftet. Es ist, ob du es nun glaubst oder nicht, Urban Ganzweiler."

Katharina fühlte sich, als habe man ihr ein Brett vor den Kopf geschlagen. Sie konnte im ersten Moment nicht wirklich fassen, was sie gehört hatte."

„Wie ... Wie kann das sein? Die DNA Probe passte doch nicht. Er wurde freigelassen. Ich ... Wie?"

„Urban Ganzweiler hat uns alle verarscht. Es kam nur durch Zufall heraus. Wir hätten damals schon stutzig werden müssen als er sofort zu einer DNA-Probe bereit war. Er hatte nämlich vorgesorgt."

„Vorgesorgt?" Katharina nahm einen großen Schluck Wein. „Wie konnte er denn vorsorgen?"

„Tja, es kam deshalb heraus, weil sein damaliger Helfeshelfer die Klappe nicht halten konnte. Der ehemaliger Saufkumpan und Kumpel von Ganzweiler hat der Wirtin seiner Stammkneipe die ganze Sache erzählt als er so richtig voll war. Sie hat uns angerufen, weil sie den Mord an Melanie in den Medien verfolgt hatte und daher wusste, von was er ihr erzählte."

„Was habt ihr erfahren? Sag schon!"

Bernd beugte sich ein wenig vor.

„Ganzweiler wusste, dass es für ihn auf eine genauere Untersuchung hinauslaufen würde. Du hattest ihn zu intensiv ins Visier genommen. Also dachte er sich einen Plan aus. Er überredete seinen Kumpel, der zu der Zeit als Chemielaborant in dem Labor arbeitete, das die Analysen für die Mainzer Polizei macht, die Proben zu vertauschen."

Katharina sprang auf. „Was? Das Labor hat also eine andere Probe untersucht?"

„Genau." Bernd nickte.

„Sein Kumpel hat bei sich selbst einen Wangenabstrich vorgenommen und die Röhrchen umeticketiert. Voila."

„Und dieses Dreckschwein rieb sich die Hände und verließ grinsend das Präsidium? Er war so selbstsicher, so überheblich." Katharina ließ sich zurück in den Sessel fallen.

All die durchwachten Nächte, ihre Selbstzweifel, die Unsicherheit, Selbstvorwürfe und Angstattacken und nicht zuletzt die Gesprächstherapie waren also völlig unbegründet und unnötig gewesen. Sie hatte mit ihrem Täterprofil richtig gelegen, nichts falsch gemacht. Es war nicht ihre Schuld gewesen, dass Ganzweiler damals nicht verhaftet wurde. Dieser Mistkerl hatte sie alle hinters Licht geführt. Zum Glück war nun auch dieses Kapitel ihres Lebens abgeschlossen. Endlich war dieses Monster hinter Gittern. Fast wäre Katharina zum zweiten Mal an diesem Tag in Tränen ausgebrochen. Es wären zwar Freudentränen gewesen, aber die Heulerei wollte sie Bernd nicht noch einmal antun.

„Freust du dich denn gar nicht?" Er klang enttäuscht.

„Doch. Natürlich freue ich mich. Aber so eine Nachricht muss man erst einmal verdauen. Du weißt, wie lange ich deshalb mit mir im Unreinen war."

„Ja, das weiß ich. Aber du hast von Anfang an mit dem Kerl richtig gelegen. Seinen Kumpel haben wir natürlich auch verhaftet. Er war wenige Monate nach der Tat wegen Trunkenheit am Arbeitsplatz entlassen worden und lebte mittlerweile von Hartz IV. Der hat gesungen wie eine Nachtigall."

„Ich kann es einfach nicht fassen. Aber ich bin froh. Sehr sogar. Ich hoffe, dieser Scheißkerl kommt nie wieder aus dem Gefängnis raus. Komm, lass uns darauf anstoßen!"

Sie stand auf, um Bernd noch etwas Wein nachzuschenken, als es fürchterlich knallte und das Wohnzimmerfenster explodierte. Ein dicker Stein flog nur wenige Zentimeter an Bernds Kopf vorbei, knallte gegen die Lehne des Sofas und fiel zu Boden, während die Scherben des Fensters ins Zimmer prasselten.

„Was zum Henker ... Alles in Ordnung?", rief Bernd und sprang auf.

„Los!", schrie Katharina statt einer Antwort und die beiden rannten zur Haustür.

Katharina riss die Tür auf und stürmte, dicht gefolgt von Bernd, hinaus. Für einen Sekundenbruchteil konnte sie noch eine schemenhafte Gestalt erkennen, die gerade das Grundstück verlassen hatte und nach rechts die Straße hinunter hechtete.

„Autoschlüssel!", brüllte sie Bernd über die Schulter hinweg zu und er verstand sofort, was sie meinte. Er drehte um und lief zum Haus zurück, während Katharina die Verfolgung des Unbekannten aufnahm. Als sie die Straße erreichte und ebenfalls nach rechts abbog, sah sie, dass der Kerl seinen Vorsprung bereits beträchtlich ausgebaut hatte. Sportlich war er jedenfalls, das musste sie ihm lassen. Aber wir erwischen dich trotzdem, dachte sie grimmig und spurtete los. Auch sie war eine geübte Läuferin und erhöhte problemlos ihr Tempo. Der Abstand schien sich bereits zu verringern, als sie hinter sich das röhrende Geräusch eines beschleunigenden Autos hörte. Bernd.

Schon wenige Sekunden später hielt er neben ihr. Sie riss die Beifahrertür auf und sprang auf den Sitz.

„Da vorne ist er“, rief sie aufgeregt und zeigte auf den sich bewegenden Schatten. Gerade in diesem Moment drehte der Mann ab und rannte in eine Seitenstraße. Bernd gab Gas. Er war ein guter Fahrer und hatte dies bereits bei verschiedenen Einsätzen bravourös bewiesen. Er beschleunigte erneut und sie rasten dem Verdächtigen hinterher.

Wenn der Stein nun Bernd getroffen hätte, dachte Katharina. Oder Ella.

Aber zum Glück hatte die Hündin in ihrem Körbchen im Esszimmer gelegen.

Dieses Schwein hat in Kauf genommen, jemanden im Haus zu verletzen oder sogar zu töten. Das hat mit Stalking nichts mehr zu tun. Vor Wut ballte sie die Fäuste.

Gerade bog auch Bernd um die Ecke und sie sahen, dass der Mann in sein Auto gestiegen war und mit quietschenden Reifen losfuhr. Dabei rammte er einen Wagen, der etwas zu weit auf der Fahrbahn geparkt hatte und ihm daher im Weg stand. Dann beschleunigte er und raste davon.

„Gib Gas!“, brüllte Katharina „Ich muss das Kennzeichen haben.“

Bernd gab sein Bestes, doch Katharinas Skoda hatte beileibe nicht so viele PS unter der Haube wie der SUV vor ihnen. Der

Abstand zwischen den Autos vergrößerte sich spürbar. Gleich würden sie den Ort verlassen und auf die breitere Bundesstraße kommen. Dann hatten sie keine Chance mehr, den Kerl einzuholen.

„Scheiße! Wir verlieren ihn!", schrie Katharina enttäuscht und schlug mit der Faust auf das Armaturenbrett. Bernd schaute konzentriert nach vorne. Er hatte noch nicht aufgegeben und trat das Gaspedal voll durch.

In diesem Augenblick rannte ein Tier auf die Straße. Der SUV bremste scharf ab und geriet sofort ins Schlingern. Gleichzeitig erkannte Katharina, dass ein großer Körper seitlich von der Straße in den Graben geschleudert wurde. Auch Bernd bremste ab, bis der Skoda fast stand. Der Wagen des Verdächtigen befuhr in immer engeren Schlangenlinien die ganze Straßenbreite, während der Fahrer versuchte, sein Fahrzeug unter Kontrolle zu bringen. Es gelang ihm nicht. Das Auto drehte sich um die eigene Achse und landete krachend im Graben. Katharina hatte die Luft angehalten und stieß sie nun mit einem lauten Keuchen aus. Auch Bernd hatte den Unfall atemlos verfolgt. Sie sahen sich wortlos an und Bernd fuhr langsam los. Als sie sich dem weißen Wagen näherten, konnte Katharina endlich die Autonummer erkennen. KO-GB-200.

Oh Gott! Katharina riss die Augen auf. Plötzlich war ihr alles klar.

GB, Gregor Brenner. Er war ihr Stalker. Warum war sie nicht gleich darauf gekommen. Gregor, ihr Ex-Freund, an den sie kaum mehr einen Gedanken verschwenden wollte. Sie hatten sich in Mainz kennengelernt. Gregor, ein Angestellter bei der Barmer Krankenkasse, wirkte damals so normal. Ein liebenswerter und sehr fürsorglicher Mann dachte sie. Anfangs las er ihr jeden Wunsch von den Augen ab. Sie fand es schmeichelhaft, so umsorgt zu werden. Bis seine Fürsorge anfing, sie einzuengen. Er war immer um sie herum. Dauernd wollte er wissen, was sie machte, rief ständig an, begann sie zu kontrollieren, ließ sie kaum noch aus den Augen. Es dauerte eine Zeit, bis sie begriff, was sich tatsächlich abspielte. Sie beendete die Beziehung. Doch jede Zurückweisung war für Gregor indiskutabel. Es folgten Tage des Diskutierens. Sie dachte damals wirklich noch, sie könnte mit ihm reden und ihm klarmachen, dass etwas schief lief. Davon wollte er natürlich nichts wissen. Er erschien nachts vor ihrer Haustüre, klingelte sie aus dem Schlaf, schickte Geschenke, dann Drohbriefe. Zum Glück hatte sie auf getrennte Wohnungen bestanden. Erst als sie Mainz verließ und wieder nach Koblenz zog, war Ruhe. Doch wie es aussah, war er ihr auch dorthin gefolgt, Die Autonummer seines Wagens bewies es.

„Was ist los, Katie? Du siehst aus, als hättest du ein Gespenst gesehen", bemerkte Bernd besorgt.

„Habe ich auch", antwortete sie wie in Trance.

„Komm, wir müssen nach ihm schauen."

Sie stiegen aus und gingen auf den Wagen zu. Der SUV lag auf der Seite, die Beifahrertür stand offen. Der Graben war hier ziemlich tief und Bernd gab Katharina die Hand, damit sie sich seitlich zum Wagen herantasten konnte. Sie schaute ins Führerhaus und machte sich darauf gefasst, einen blutüberströmten Mann vorzufinden. Hoffentlich lebte er noch.

Doch als sie ins Fahrzeuginnere sah, war es leer. Verdutzt schüttelte sie den Kopf. Tatsächlich. Gregor war nicht im Auto. War er herausgeschleudert worden?

„Es ist keiner drin. Womöglich wurde er durch die Wucht des Aufpralls herausgeschleudert", informierte sie Bernd, der sie wieder nach oben auf die Straße zog.

Katharina lief zu ihrem Auto und kehrte mit einer Taschenlampe zurück. Sie durchsuchten, so gut es bei dem schwachen Licht der Taschenlampe möglich war, den Graben, konnten aber nichts entdecken.

„Vielleicht ist er schon vorher raus. Gefallen, gesprungen, was weiß ich", meinte Bernd und Katharina gab ihm recht. Möglich war es. Also liefen sie zu der Stelle zurück, wo der Wagen auf das Hindernis geprallt war, und suchten dort ebenfalls. Sie fanden nur das Unfallopfer. Eine Hirschkuh. Sie lag tot im Graben.

„Wir müssen die Kollegen von der Schutzpolizei informieren", stellte Bernd fest.

„Ich rufe erst mal Frank an", gab Katharina zur Antwort. „Wir haben beide etwas getrunken. Wenn hier der falsche Kollege erscheint, dann haben wir noch ein weiteres Problem, auf das ich gerne verzichten kann."

„Es war doch nur ein Glas", meinte Bernd. „Mach dir deswegen keine Sorgen."

„Sicher ist sicher", antwortete Katharina. Sie zog ihr Handy aus der Tasche und wählte Franks Nummer. Als er sich meldete, erläuterte sie ihm in knappen Worten die Situation und legte kurz danach wieder auf.

„Frank schickt ein paar Kollegen her. Mit starken Lampen und einem Suchhund. Wir sollen so lange bleiben, bis sie übernehmen. Er informiert mich, falls sie etwas finden."

„Wir sollten die Zeit nutzen und weiter nach ihm suchen", schlug Bernd vor.

„Ja sicher", erwiderte Katharina. „Denkst du, er lebt noch?"

„Wenn ich ganz ehrlich bin, glaube ich, dass er sich aus dem Staub gemacht hat. Wir haben kein Blut gefunden. Entweder wurde er aus dem Wagen geschleudert und wir oder die Kollegen finden ihn früher oder später oder aber er ist rausgesprungen oder geklettert, nachdem der Wagen im Graben lag, und hat sich in der Dunkelheit davongeschlichen. Mein Bauchgefühl sagt, mir, dass es so ist."

„Könnte sein. Jedenfalls ist er durchgeknallt genug, mich zu bespitzeln und einen Stein durchs Fenster zu werfen. Fahrerflucht ist dann nur ein kleines Übel", stimmte Katharina ihm zu.

Sie suchten weiter die Umgebung der Unfallstelle ab, konnten aber nichts entdecken. Kurze Zeit später trafen die Kollegen von der Schutzpolizei mit zwei Wagen ein. Katharina und Bernd informierten sie über den Hergang der Verfolgung und der Hundeführer machte sich mit seinem belgischen Schäferhung Jack auf die Suche, nachdem dieser Gregors Witterung im Wagen aufgenommen hatte.

„Ihr könnt hier jetzt nichts mehr ausrichten. Ich habe Franks Nummer und werde ihn informieren, wenn wir etwas entdecken. Den Wagen lassen wir abschleppen." Der nicht mehr ganz junge Kollege nickte Katharina und Bernd auffordernd zu und folgte dann dem Suchteam.

„Tja, dann wollen wir mal zurückfahren und das Durcheinander beseitigen", seufzte Katharina.

Etwa eine Stunde später saßen sie erneut im Wohnzimmer, das nun von den Scherben gereinigt war. Den Stein hatte Katharina vorsichtshalber mit behandschuhten Händen in einen Plastikbeutel gesteckt, um ihn später auf Fingerabdrücke untersuchen zu lassen. Bernd war handwerklich tätig gewesen. Die Fensteröffnung war nun mit einer Sperrholzplatte, die Katharina in der Garage gefunden hatte, verschlossen. Zum Glück gab es im Haus nur kleine, zweiflüglige Fenster, wie es früher eben in den Bauernhäusern der Gegend üblich gewesen war.

„Du wirst morgen einen Glaser anrufen müssen", meinte Bernd

gerade und nahm einen Schluck Wein. Katharina hatte eine weitere Flasche geöffnet und sie ließen den Abend gedanklich Revue passieren.

„Ja, mache ich“, antwortete sie. „Hoffentlich ist Gregor nicht verletzt. Ich wünsche ihm ja nichts Schlimmes, aber er braucht dringend Hilfe.“

„Das glaube ich allerdings auch. Wie konnte er nur auf die Idee kommen, so einen dicken Stein durchs Fenster zu werfen?“

„Er muss wütend gewesen sein. Vielleicht oder besser gesagt wahrscheinlich hat er uns beide ins Haus gehen sehen und war sauer deswegen oder eifersüchtig. Oder beides. Was weiß ich.“ Katharina schüttelte den Kopf.

Bernd lächelte charmant. „Gibt es denn einen Grund, eifersüchtig zu sein?“

„He! Du wirst doch jetzt wohl nicht mit mir flirten wollen“, erwiderte Katharina gespielt empört.

Bernds Grinsen vertiefte sich. „Wäre das so schlimm? Schließlich sind wir beide solo. Frei und ungebunden, das zu tun, was uns gefällt.“

Nach einem kurzen Zögern ließ Katharina den Gedanken zu. Warum eigentlich nicht? Seit ihrem Zusammenbruch hatte sie keinen Gedanken an einen anderen Mann, geschweige denn Sex zugelassen. Mit einem Mal kam ihr die Vorstellung einer zärtlichen Nacht mit Bernd gar nicht so abwegig vor. Sie betrachtete sein Gesicht, das einen erwartungsvollen Ausdruck angenommen hatte. Sie grinste.

„Wie es aussieht, nutzt du deine Freiheit wohl öfter.“

„Viel weniger als du denkst. Bin kein sexbesessener Typ.

Eher ein Schmusebär, muss ich zugeben. Und mit wildfremden Frauen was anfangen, ist auch nicht so mein Ding.“ Er grinste verschämt. „Ich wollte dich mit meinem Spruch eben

aber nicht in Verlegenheit bringen. Sorry."
„Keine Sorge, du hast mich nicht in Verlegenheit gebracht. Eher auf eine Idee", sagte Katharina. Sie stand auf, setzte sich neben ihn auf das Sofa und sah ihn an.
Wahrscheinlich war der Wein nicht ganz unschuldig an ihrer Reaktion, aber das war ihr im Moment völlig egal.
„Du hast ja recht. Wir sind erwachsene Menschen. Und die machen manchmal sowas."
Bernd fuhr ihr zärtlich übers Haar und streichelte ihre Wange. „Was meinst du denn damit?", fragte er schelmisch. Dann beugte er sich zu ihr hinüber und küsste sie.
Für einen kurzen Augenblick meinte Katharina aufspringen und weglaufen zu müssen. Doch dann gab sie ihrem inneren Verlangen nach und erwiderte den Kuss. Es war ganz anders als mit Kai. Neu, zart und vorsichtig. Bernd spürte scheinbar die Zwiespältigkeit ihrer Gedanken und ihre Zweifel. Er wollte sie nicht drängen. Katharina war ihm dankbar dafür. Sie schloss alles Negative aus ihrem Denken aus und überließ sich mit einem kleinen Seufzer seinen Zärtlichkeiten.

Kapitel 11

Katharina schlug verschlafen die Augen auf und schaute auf den Wecker.
8.30 Uhr. Verschlafen! Mist! Dann fiel ihr auch wieder ein, wie sie den gestrigen Abend verbracht hatte. Oh Gott. Wenn sie sich jetzt umdrehte, würde dort Bernd liegen und irgendetwas von ihr hören wollen. Dabei konnte und wollte sie ihm nichts sagen. Sie hatte mit ihm geschlafen und das war's. Sie war nicht bereit für eine Beziehung. Auch wenn der Sex mit ihm zugegebenermaßen sehr schön und befriedigend gewesen war. Aber mehr wollte sie momentan nicht. Wie sollte sie ihm das beibringen? Er hatte sie sehr gern. Wahrscheinlich mehr als das. Und sie? Sie fand ihn anziehend, sexy. Ganz bestimmt. Bernd war ein sehr attraktiver Mann und er war ... lieb. Rücksichtsvoll und behutsam. Eigentlich genau das, was eine Frau sich nur wünschen konnte.
Doch da war wieder das große ABER.
Katharina seufzte leise. Es half nichts. Sie musste sich der Situation stellen. Dem Wein konnte sie keine Schuld geben. Sicherlich hatten die zwei, drei Gläser sie lockerer, aber nicht betrunken gemacht. Es war ihre freie Entscheidung gewesen, mit ihm ins Bett zu gehen und nun konnte sie nicht so tun, als wäre es ihr peinlich.
Sie holte noch einmal tief Luft und drehte sich um.
Das Bett war leer. Bernd war nicht da. Verwirrt schaute sie im Zimmer umher. Seine Sachen waren weg. Er musste sich angezogen haben, während sie schlief. Sie hatte davon absolut

nichts mitbekommen. Katharina schlug die Bettdecke zurück und stand auf. Eilig schlüpfte sie in Unterwäsche, Jeans und Shirt und öffnete die Tür. Eine gut gelaunte Ella lag dort und wedelte freudig mit dem Schwanz.

„Bernd?"

Keine Antwort. Gefolgt von Ella ging Katharina die Treppe hinunter in die Küche. Doch weder dort noch im Wohnzimmer konnte sie Bernd entdecken. Stattdessen fiel ihr ein Stück Papier auf dem Tisch auf. Sie griff danach und las.

Liebe Katie,

ich danke dir für den schönen Tag und die traumhafte Nacht. Für mich war es etwas Besonderes. Aber ich denke, das weißt du. Es ist jetzt 5.30 Uhr. Ich konnte nicht schlafen. Irgendwie komme ich schon nach Trier und werde zurück nach Hannover fahren. Ich wollte nicht, dass du dich wegen mir schlecht fühlst, wenn du aufwachst. Ich würde mir aber wünschen, dass es dir zumindest nicht leid tut, mit mir zusammen gewesen zu sein. Wenn du dir vorstellen könntest, mich wiederzusehen, würde mich das sehr glücklich machen, doch du hast mir gegenüber keinerlei Verpflichtung. Vielleicht trinken wir ja demnächst mal einen Kaffee miteinander. Ruf an und ich komme.
Ich küsse dich.
Dein Freund Bernd

Katharina ließ den Brief sinken. Sie lächelte. Es war so, als hätte Bernd ihre Gedanken gelesen. Sie war ihm sehr dankbar für sein Verständnis. Im Geiste schickte sie ihm einen Kuss. Sie ließ Ella in den Garten und griff nach dem Telefonhörer.

„Saalmann."
„Hallo, Frank. Ich muss mich entschuldigen", begann Katharina.
„Hi, Katie. Hast du etwa verschlafen?" In Franks Stimme schwang ein süffisantes Grinsen mit.
„Ja, hab ich. Tut mir leid. Aber es ist nicht so, wie du denkst. Bernd ist schon weg."
„Ein Schelm, der Böses dabei denkt", erwiderte Frank.
„Hat sich dein Kollege bei dir gemeldet? Wegen Gregor, meine ich?", wollte Katharina wissen, ohne auf seine Andeutung einzugehen.
„Sie haben seine Spur verloren. Der Hund hatte sie bis zu einem Bach. Der Typ wird wohl im Wasser weitergegangen sein. Da war nichts zu machen, sagt der Hundeführer."
„Er lebt also noch." Katharina atmete erleichtert auf.
„Sieht ganz so aus. Jetzt darfst du dich darum kümmern, den Kerl in Koblenz ausfindig zu machen und ihn zu verhaften."
„Das sollte ja nicht zu schwer sein. Du, Frank, ich muss heute Morgen dringend einen Glaser finden, der die Scheibe repariert. Ist es in Ordung, wenn ich erst heute um die Mittagszeit im Büro erscheine?"
„Ja, kannst du machen. Ist schließlich ein Notfall."
„Danke dir. Schon was von Schockie gehört?"
„Nein, der hatte ja sozusagen Nachtschicht. Er hat aber keine Nachricht hinterlassen. Mal sehen, wann er hier auftaucht und ob er etwas in der Kneipe erreichen konnte", meinte Frank.
„Das wäre super. Also ich komme, sobald das Fenster wieder drin ist. Bis nachher", verabschiedete sich Katharina und legte auf.
Es stellte sich heraus, dass es gar nicht so einfach war, einen Glaser in der Nähe zu finden, der auch Zeit hatte, das Fenster zu reparieren. Nach etlichen Anrufen klappte es dann aber

doch. Als Katharina gerade erleichtert nach dem Gespräch mit dem Handwerker aufgelegt hatte, klingelte das Telefon.
Nanu? Sie hatte dem Glaser doch alles Wichtige erklärt.
„Hallo, Herr Schnieder. Habe ich etwas vergessen?“, begann sie deshalb gleich, nachdem sie abgehoben hatte.
„Bestimmt, würde ich sagen. Schließlich vergessen wir alle mal etwas“, hörte sie eine angenehme Männerstimme, die ihr bekannt vorkam. Herr Schnieder war es definitiv nicht.
„Hallo? Mit wem spreche ich denn?“, fragte sie amüsiert.
„Mit einem Mann, der seit etwa einer Stunde versucht, Sie anzurufen, aber immer nur das Besetztzeichen hört. Sie sind ja schwerer zu erreichen als der Papst.“
„Ähm“, meinte Katharina „Ich weiß wirklich nicht …“
„Oh, jetzt bin ich aber enttäuscht“, sagte der Anrufer.
„Ich dachte, ich hätte beim Betäuben von Tyson einen bleibenden Eindruck hinterlassen.“
Jetzt fiel der Groschen. Es war der Tierarzt. Wie hieß er noch gleich?
„Herr Sennesfeld?“, fragte Katharina überrascht.
„Ja, in Lebensgröße. Ich wollte nur einmal fragen, ob Ihnen meine kleine Überraschung gefallen hat.“
„Ihre Überraschung?“ Katharina dachte fieberhaft nach, was er meinen könnte und dann fiel es ihr ein.
„Sie waren das mit der Rose?“
Katharina merkte, wie ihr das Blut ins Gesicht stieg. Oh Gott. Die Rose war gar nicht von Gregor gewesen, sondern vom Tierarzt. Katharina schwirrte der Kopf. Und sie hatte gedacht …
„Jaha. Gern geschehen“, antwortete er lachend. „Ich hoffe, Sie mögen rot.“
„Ja, vielen Dank. Ehm. Aber wie komme ich denn zu der Ehre?“
Katharina war das Gespräch furchtbar peinlich.

„Ich hatte Ihre Adresse von Dr. Basten und da ich gerade in der Gegend war und zufällig eine Rose dabei hatte, dachte ich mir, ich könnte Ihnen einen kleinen Besuch abstatten. Leider waren Sie ja nicht da."

„Umso schöner war dann die Überraschung", sagte Katharina und schämte sich für die Schummelei. Schließlich hätte sie die Rose fast auf den Müll geworfen.

„Die Rose ist wirklich wunderbar." Zumindest das war nicht gelogen.

„Da bin ich erleichtert. Wollen wir demnächst einmal essen gehen?", fuhr er fort.

Dr. Sennesfeld war kein Freund von Geplänkel, wie es schien. Katharina zögerte. Hatte sie Lust auf ein Date? Aber warum denn eigentlich nicht? Schließlich war sie niemandem Rechenschaft schuldig. Auch nicht Bernd. Sie wollte sich wieder lebendig fühlen. Ganz normal sein.

„Ich ... Ja, gerne"

„Prima!" Er klang ehrlich erfreut.

„Wie wäre es am kommenden Samstag? Ich hole Sie ab. Machen Sie sich schick. 20 Uhr?"

„Okay", antwortete Katharina

„Das wäre ja dann geklärt. Bis Samstag. Ich muss jetzt arbeiten. Tschau!"

Bevor Katharina etwas erwidern konnte, hatte er schon aufgelegt.

Hoffentlich ist er nicht in allem so schnell, dachte Katharina und musste lachen.

***

Kurz vor ein Uhr saß endlich die Scheibe im Fensterrahmen.

Nachdem Katharina noch eine Runde mit Ella draußen gewesen war, fuhr sie zum Revier.
Als sie gegen 14.30 das Büro betrat, traf sie dort nur Elmar Schock an, der an seinem Schreibtisch saß und missmutig auf den Bildschirm seines Computers starrte.
„Hallo, Schockie, wo ist Frank?“, begrüßte sie ihn.
„Mein Name ist Elmar, wie du weißt“, gab dieser pickiert zurück, „aber wie ich dich kenne, habe ich keine Chance und muss mich an den neuen Spitznamen gewöhnen. Ob ich nun will oder nicht.“
Katharina grinste spitzbübisch und Schock zog eine Grimasse.
„Frank ist zum Mittagessen. Wir waren etwas spät dran. Er müsste aber eigentlich gleich wieder da sein.“
„Gut. Wie war deine Kneipentour gestern?“, wollte Katharina wissen.
„Leider nicht sehr ergiebig. Der Besitzer war zuerst nicht da, nur so ein anderer Typ, der von nichts wusste. Als der Wirt endlich kam, konnte er mir nur sagen, dass dieser Michael Vallendar auf einem Selbstfindungstripp in der Eifel unterwegs ist. Das würde er regelmäßig machen, um sein Innerstes neu zu ordnen. Nun ja. Der Typ hat kein Handy mit und keiner weiß, wo er momentan ist. Nur er und die Natur.“
Zum Zeichen dafür, was er von dieser Aktion hielt, zog er die Augenbrauen hoch und seufzte.
„Es kann ein paar Tage dauern, bis er sich wieder meldet“, meinte der Wirt. „Wir können also nur abwarten und hoffen, dass seine Selbstfindung nicht allzu lange dauert.“
„Hast du denn die Frau gefunden?“
„Auch nicht“, Schock zuckte frustriert die Schultern.
„Bisher gab es ein paar Ähnlichkeiten. Schwarze Haare, Größe. Du weißt schon. Aber sie war noch nicht dabei.“

„Tja, so ist halt der Fahndungsalltag. Ich werde dich ein wenig unterstützen. Ich muss auch jemanden suchen. Also dann wollen wir mal."

Katharina setzte sich ebenfalls und öffnete ihren Laptop. Sie würde sicher nicht sehr lange brauchen, um die Adresse von Gregor ausfindig zu machen. Schließlich hatte sie seinen Namen und die Autonummer. Wahrscheinlich würde sie schon heute nach Koblenz fahren und ihn sich schnappen. Mistkerl, der.

Als Frank eine halbe Stunde später das Büro betrat, waren Elmar Schock und Katharina in ihre Arbeit vertieft.

„Oh, Katie, da bist du ja", begrüßte er sie fröhlich. „Ist das Fenster repariert?"

„Ja, ist es. Es war eine ganz schöne Plackerei, bis ich einen Glaser gefunden habe. Es wird immer schwieriger, einen guten Handwerker zu bekommen, habe ich das Gefühl. Wie seht ihr das?"

Das Telefon klingelte und Frank griff mit einem entschuldigenden Blick nach dem Hörer.

„Saalmann. Heike? Was ist denn los?"

Er klang besorgt. Katharina wusste , dass Franks Frau normalerweise nicht im Büro anrief. Frank runzelte die Stirn.

„Nee, keine Ahnung. Zu mir hat er jedenfalls nichts davon gesagt. Nein, weiß ich auch nicht. Beruhige dich! Er wird sicher bald anrufen oder nach Hause kommen. Du weißt doch wie Jungs in dem Alter sind. Bestimmt hat ein Kumpel geklingelt, um ihn zum Spielen abzuholen und er hat vergessen, dir eine Nachricht hinzulegen. Ja. Ganz bestimmt. Mach dir mal keine Sorgen. Ruf mich an, wenn er zurück ist. Bis später dann. Tschüss."

Er sah auf.

„Unser Sohn Paul hat sich nicht abgemeldet. Als Heike von der Arbeit nach Hause kam, war er nicht da. Sein Ranzen und seine Jacke lagen im Flur und die Reste seines Mittagessens standen im Wohnzimmer. Das mag Heike überhaupt nicht."
Frank grinste schief.
„Auf jeden Fall macht sie sich Sorgen."
„Kann man doch verstehen", tönte Elmar Schock.
„Man kann heute doch nicht vorsichtig genug sein. Wer weiß, was passiert sein könnte."
Katharina warf ihm einen bösen Blick zu und wandte sich dann an Frank.
„Bestimmt hat er nur vergessen, Bescheid zu sagen, wohin er geht. Kinder sind halt sehr spontan in ihren Entscheidungen."
Frank nickte zerstreut.
„Genau. Hast du übrigens deinen Steinewerfer schon ausfindig gemacht? Wie heißt er noch?"
„Gregor Brenner. Ich war gerade dabei, als du reinkamst. Es sollte eigentlich nicht mehr lange dauern, bis ich seine Adresse habe."
„Gut so. Willst du dann heute noch hinfah...?"
Das Telefon läutete erneut.
Schnell hob Frank ab.
„Heike?"
An seinem Gesichtsausdruck erkannte Katharina dass es nicht, wie erhofft, seine Frau war.
„Wann? Wo genau? Aha. Ja wir kommen, so schnell, wie möglich", beendete Frank das Gespräch.
Er sah in die Runde.
„Man hat deinen Freund Gregor gefunden."
Katharina klappte ihren Laptop zu.
„Dann brauche ich ja nicht weiter zu suchen. Aber warum

müssen wir hinfahren? Wird er denn zur Befragung nicht hergebracht? Ist er verletzt?"

„Eine Befragung macht leider keinen Sinn mehr, Katie. So wie es aussieht, ist Gregor Brenner tot."

Kapitel 12

Paul hatte Angst. Leise vor sich hinwimmernd saß er in dem kalten Raum und fürchtete sich. Die Augenbinde, die ihm der Mann umgebunden hatte, saß unangenehm fest. Sie drückte seine Schläfen so stark ein, dass er Kopfschmerzen davon bekam. Da der Mann ihn aber mit den Händen an einen Pfosten festgebunden hatte, konnte er sich die Binde nicht abnehmen. Wegen des Weinens lief ihm Rotz aus der Nase und er konnte ihn nicht abwischen. Der Mann hatte gesagt, dass er ihm wehtun würde, wenn er irgendetwas versuchte. Paul wusste nicht, was er damit meinte, aber um ganz sicherzugehen saß er völlig still da und wagte es nicht laut zu weinen. Er hatte solche Angst! Außerdem musste er ganz dringend.

Doch den Mann deshalb zu rufen? Er traute sich nicht. Lieber hielt er noch ein. Lange würde er das aber nicht mehr schaffen. Also weinte er vor Verzweiflung, aus Angst, aus Kummer und weil sein Blase so drückte.

Paul war zu sich gekommen, als der Mann ihn grob mit dem Rücken gegen den Pfosten gesetzt, ihm die Hände nach hinten gezerrt und ihn gefesselt hatte. Paul musste sich allein auf sein Gehör verlassen, denn er konnte nichts sehen. Es dauerte eine Weile bis ihm klar wurde, dass seine Augen verbunden waren. Der Mann hatte dann noch gesagt, dass er bloß die Klappe halten sollte, weil er ihm sonst wehtun würde. Er hatte eine eklige Stimme. Wie ein Roboter hörte er sich an. Paul stellte sich seinen Peiniger wie ein Monster vor. Ganz aus Blech mit gemeinen, dunklen Augen. Doch der Mann hatte nichts mehr gesagt, sondern war einfach weggegangen. Wie lange er seitdem hier saß, konnte Paul nicht sagen. Er hatte mittlerweile schrecklichen Durst. Aber das war nicht das Schlimmste. Die Schnur an seinen Handgelenken war sehr fest zugezogen und schnitt ihm in die Haut. Außerdem begannen nach einer Weile seine Hände so komisch zu kribbeln. So, als würden Ameisen darüber laufen. Paul hatte mehrmals eine Faust gemacht und die Hand wieder geöffnet. Danach war es ein bisschen besser. Dadurch, dass er nichts sehen konnte, wirkten die Geräusche um ihn her um so lauter und bedrohlicher. Er war mehrfach zusammengezuckt als kleine Tiere dicht an ihm vorbeiliefen. Hoffentlich waren es nur Mäuse! Einmal war etwas über seine Hand gekrabbelt. Bestimmt eine Spinne. Beinahe hätte Paul vor Schreck laut geschrien, aber im allerletzten Augenblick war ihm wieder eingefallen, was der Mann gesagt hatte, also biss er sich fest auf die Lippe und rührte sich nicht.

Paul musste immer wieder daran denken, wie das alles passiert war. Warum hatte er nicht auf Mama gehört? Ihm war eingeschärft worden, dass er niemandem die Tür aufmachen dürfte, wenn er allein zu Hause war. Aber nicht einmal im Traum wäre er darauf gekommen, dass so etwas passieren könnte! Ihre Stimme war so ängstlich und ehrlich gewesen. Als er dann trotz des Verbotes die Haustür aufmachte, hatte sie ihn geschnappt. Die Frau mit den kurzen, schwarzen Haaren und der Sonnenbrille. Das Tuch, das sie ihm ins Gesicht drückte, musste mit einem Schlafmittel getränkt gewesen sein, denn er war sofort ohnmächtig geworden. Wieder aufgewacht war er dann hier, mit der Binde vor den Augen.

Er war wie immer nach der Schule nach Hause gegangen. Ohne Umwege und ohne zu trödeln. Naja, ein bisschen getrödelt hatte er schon, denn unterwegs traf er Frau Berger von

Der Mann lachte scheppernd.
Seine Stimme nahm einen bedrohlichen Klang an. „Sach deinem Alten, dat hier is nur ne kleine Warnung! Der soll ma besser aufpassen, watta sacht. Noch kann er et widda gutmachen. Dat hier is aber seine letzte Chance. Sach ihm dat. Haste kapiert? Un de Feuerkopp, der is als Nächster dran. Sach ihm dat auch. Klar?“
„Jjja“, stammelte Paul verängstigt, obwohl er keine Ahnung hatte, was der Mann von ihm wollte.
„Gut. Also, dat hier haste allein deinem Alten zu verdanken. Kannste dich bei dem für bedanken.“
Paul bekam vor Angst fast keine Luft mehr. Er hörte, wie der Mann in eine andere Ecke des Raumes ging. Ein klickendes Geräusch und plötzlich war er da. Ein Hund! Dem Knurren und Bellen nach war es ein sehr großer Hund.
„So, Schätzchen, ran an den Speck. Jetz werden wa mal dem Alten von dem kleinen Hosenscheißer ne Nachricht schicken, die er nich so schnell vergisst! Plötzlich spürte Paul einen grauenhaften, beinahe unerträglichen Schmerz in seiner rechten Wade. Er schrie in Todesangst, während der Hund wieder und wieder zupackte und an ihm zerrte. Schließlich blieb der Junge ohne Bewusstsein und blutüberströmt liegen, während sein Peiniger leise vor sich hin murmelte: „Selber schuld is er, alles selber schuld …“

Kapitel 13

Katharina starrte auf die Leiche, die vor ihr auf der Erde lag. Der Körper war schrecklich zugerichtet.
Tiefe Schnittwunden hatten ihn bis zur Unkenntlichkeit verstümmelt und das Gesicht unkenntlich gemacht. Zum Teil lagen Körperteile und zerfetzte Kleidungsstücke einige Meter weiter entfernt. Der Boden war mit dem Blut des Toten getränkt und die abgeschnittenen Halme des Getreides rund um die Fundstelle hatten sich rostrot verfärbt.
Katharina schluckte. Egal was er auch getan hatte, solch ein Ende hatte sie Gregor nicht gewünscht. Es tat ihr leid, was mit ihm passiert war.
Gerade richtete sich der Amtsarzt Dr. Heiner Basten auf. Er war Anfang sechzig und sein Haar lichtete sich merklich. Trotzdem wirkte er jünger, denn der Arzt war schlank und sportlich. Nun stand er sehr gerade vor ihr und wirkte, wie eigentlich immer, sehr kühl und unnahbar.
„Erkennen Sie ihn?“, wollte er wissen.
Langsam schüttelte Katharina den Kopf und zwang sich, ihren Blick von Gregors sterblichen Überresten loszureißen und den Arzt anzusehen.
„Wenn Sie mir nicht glaubhaft bestätigen könnten, dass dies dort Gregor Brenner ist, würde ich es nicht glauben. Ein schreckliches Ende.“
„Ja so ein Maishäcksler macht nun mal keine halben Sachen. Wir haben Brenners Ausweis in der Brieftasche gefunden, die dort drüben lag.“ Er deutete auf ein abgetrenntes Bein bezie-

hungsweise einen Oberschenkel, der mit einem Teil der ebenfalls abgetrennten Hüfte noch in der Jeans steckte, die Gregor getragen haben musste.
„Können Sie schon etwas darüber sagen, ob er noch lebte, als die Maschine ihn erfasste", wollte Frank wissen.
Katharina schauderte bei dem Gedanken an einen solchen Tod. Unwillkürlich musste sie an die vielen Tiere denken, die jedes Jahr dieses grausame Schicksal erlitten. Sie verzog das Gesicht.
„Es sieht ganz so aus, als sei er bereits tot gewesen als es passierte. Nachdem was ich über den Zwischenfall mit ihm gehört habe, hat er sich wohl hier in diesem Feld vor der Polizei versteckt. Dann ist er gestorben. Die Todesursache muss erst noch ermittelt werden. Kurz danach ist wohl der Häcksler gekommen. Brenner kann aber noch nicht lange tot gewesen sein, als die Maschine ihn erwischte. Es gäbe sonst nicht so viel Blut am Fundort. Sie verstehen?"
Katharina verstand. Wäre Gregor bereits Stunden vorher gestorben, dann wäre sein Blut nicht mehr flüssig, sondern gelartig und bereits klumpig gewesen und hätte sich nicht so verteilen können, wie es der Fall war.
„Vielleicht hat er sich bei dem Unfall doch schwerer verletzt als wir dachten", mutmaßte Katharina.
„Gut möglich", gab ihr Dr. Basten recht.
„Wenn er aus dem Wagen geschleudert wurde, könnte er sich ernsthafte innere Verletzungen zugezogen haben, die ihn im Endeffekt das Leben kosteten. Aber das werden wir erst nach der Obduktion genau wissen. Ich verabschiede mich."
Mit diesen Worten griff er nach seinem silbernen Metallkoffer, nickte kurz in die Runde und ging zu seinem Wagen.
Frank machte den Kollegen vom Dauerdienst ein Zeichen,

dass sie soweit fertig waren. Nun konnte der Bestatter die Leichenteile in einen Leichensack legen und sie später in die Pathologie bringen. Frank würde bei der Obduktion anwesend sein. Zum Glück. Katharina war froh, dass sie nicht dabei zusehen musste, wie Dr. Basten auch noch die Reste dieses Körpers zerschnitt. Der Anblick hier auf dem Feld setzte ihr schon mehr als genug zu. Sie warf einen kurzen Blick zu der Maiserntemaschine hinüber, die Gregor dermaßen verstümmelt hatte. Der Landwirt tat ihr leid.

Der Mann hatte einen Schock erlitten und war bereits in ein Krankenhaus gebracht worden. Er würde sicherlich psychologischen Beistand benötigen, um diesen Tag verarbeiten zu können, auch wenn ihn überhaupt keine Schuld am Tod Gregors traf. Als sie sich endlich auf den Rückweg machen konnten, war es schon fast halb sechs.

Auf dem Weg zu Franks Wagen wurde ihr bewusst, dass sie den ganzen Tag über nicht mehr an Bernd und ihre gemeinsame Nacht gedacht hatte. Gut so! Doch sie würde ihn natürlich anrufen und ihm von Gregors Tod berichten müssen. Doch damit wollte sie warten, bis sie die endgültige Todesursache kannte. Gerade öffnete Frank die Fahrertür, als sein Handy klingelt. Beim Blick auf das Display erkannte er die Nummer seiner Frau, denn seine Lippen formten lautlos ihren Namen, um Katharina darüber zu informieren, um was es ging.

„Heike? Na, wo war denn unser Ausreißer?“ Das Lächeln auf seinem Gesicht gefror und Katharina sah alarmiert, wie er schlagartig blass wurde.

„Bleib ganz ruhig. Ich bin in einer halben Stunde da.“ Er legte auf.

„Steig ein!“, sagte er kurz angebunden zu Katharina, die sich daraufhin sofort auf den Sitz gleiten ließ, ohne ihn zu fragen, was los war. Sie kannte Frank. Er musste überlegen und würde ihr gleich erzählen, was es mit Heikes Telefonat auf sich hatte. Wie es aussah, war Paul noch immer nicht zu Hause aufgetaucht. Kein Wunder, dass sowohl Heike als auch Frank nun Grund zur Sorge hatten.

Nach einigen Minuten erläuterte Frank die Situation.

„Ich fahr dich zum Präsidium und setze dich dort ab. Dann fahre ich nach Hause."

„Ist was mit eurem Sohn?", fragte Katharina vorsichtig.

„Heike hat mittlerweile alle Freunde von Paul entweder angerufen oder ist zu ihnen nach Hause gefahren. Niemand hat ihn gesehen. Er war mit keinem der Jungs verabredet oder hat angedeutet, dass er irgendetwas vorhatte. Heike ist mit den Nerven am Ende. Sie weiß einfach nicht mehr, wo sie noch suchen soll."

Franks Stimme klang angespannt.

„Verstehe", antwortete Katharina „Kann ich etwas für euch tun?"

Frank sah sie kurz von der Seite an.

„Lieb von dir, Katie. Aber ich glaube, im Moment können weder du noch ich etwas tun. Falls ihm etwas zugestoßen ist ..."

Resigniert zuckte er mit den Schultern.

„Hat Heike denn auch schon bei den Krankenhäusern nachgefragt?", wollte Katharina wissen.

Ein Hoffnungsschimmer huschte über Franks Gesicht.

„Ich habe vergessen, Sie danach zu fragen. Warte!" Er betätigte den Blinker und hielt an. Dann nestelte er eilig sein Handy hervor.

Kurz darauf setzten sie die Fahrt fort.

„Heike ruft alle Krankenhäuser der Gegend an. Auch die, die etwas weiter weg sind. Man kann ja nie wissen. Sie meldet sich, sobald sie etwas erfährt."

„Gut“, sagte Katharina und schaute aus dem Seitenfenster. Felder und Waldstücke flogen vorbei. Bei dem Tempo, mit dem Frank seinen Volvo über die Straße steuerte, würden sie Trier bald erreicht haben Wie schrecklich Frank sich jetzt fühlen musste. Der einzige Sohn womöglich verletzt oder Schlimmeres. Sie wollte sich nicht ausmalen, wie es ihm bei dem Gedanken daran erging. Doch Frank ließ sich nicht wirklich etwas anmerken. Konzentriert lenkte er den Wagen die kurvige Strecke zur Stadt hinunter.

Zehn Minuten später saß Katharina in ihrem Skoda und sah Frank nach, der gerade vom Parkplatz fuhr. Sie hatte ihn gebeten sich zu melden, sobald es etwas Neues gab. Er hatte es ihr versprochen, aber Katharina wusste, dass sie sich nicht wirklich darauf verlassen konnte. Die Familie ging immer vor und das war auch gut so. Hoffentlich war dem Jungen nichts Ernstliches passiert. Katharina seufzte. Den Kopf voller düsterer Gedanken schlug sie den Weg nach Hause ein.

***

Um zwanzig Minuten nach zwei Uhr klingelte ihr Handy, das sie wie immer nachts neben ihrem Bett auf dem kleinen weißen Nachttisch abgelegt hatte, um erreichbar zu sein. Schlaftrunken tastete Katharina nach dem vibrierenden Gerät und setzte sich gleichzeitig langsam auf.

„Münz“, meldete sie sich und versuchte mit der linken Hand die Lampe einzuschalten.

„Katie, hier ist Frank.“

Sofort war sie hellwach. Schnell kam sie gänzlich in die Vertikale und schob die Bettdecke zur Seite.

„Frank? Ist alles in Ordnung?“

„Wie man es nimmt. Paul ist wieder da.“
Katharina stieß erleichtert die Luft aus. „Da bin ich aber froh.“
„Ja sicher. Wir natürlich auch. Aber es geht ihm nicht gut. Das Schwein hat ihn verletzt. Wir sind im Saarburger Krankenhaus. Kannst du kommen?“
„Sicher. Bin schon unterwegs“, entgegnete Katharina.
Während sie sich hastig anzog, dachte sie über das nach, was Frank gesagt hatte. Paul schien entführt worden zu sein und der Täter hatte dem Jungen etwas angetan. Unwillkürlich ballte Katharina ihre Hände zu Fäusten.
Jemand der Kindern und Tieren etwas antat, wehrlosen Geschöpfen, der hatte in ihren Augen jede Menschlichkeit verloren. Wie konnte man nur so etwas tun? Augenblicklich fiel ihr Melanie wieder ein. Ihr Mörder, dieses Untier, war nun wenigstens hinter Gitter. Doch leider gab es viele solcher Monster. Katharina wusste, dass Frank sie dabeihaben wollte, um Pauls Aussage aufzunehmen. Er als Vater des Opfers würde als befangen angesehen werden. Dies könnte bei einem eventuellen Prozess von der Verteidigung des Täters gegen ihn verwendet werden. Dem konnte Frank nur entgegenwirken, wenn ein anderer Kollege den Jungen befragte und Frank selbst als Zeuge und eventueller Nebenkläger und nicht als Hauptermittler auftrat. Selbst in dieser für ihn schrecklichen Situation war Frank durch und durch Polizist.

***

Die elektrische Schiebetür des Krankenhauses glitt lautlos auseinander, als Katharina das Gebäude betrat. Schon in der Lobby sah sie einen Kollegen des Kriminaldauerdienstes. Sie trat zu ihm, zeigte ihm ihren Dienstausweis und er beschrieb ihr den Weg zu Pauls Krankenzimmer. Auch hier hielt ein Kollege Wache und sie musste sich erneut ausweisen, um in das Zimmer gelassen zu werden.

Leise trat sie ein. Neben dem Bett, in dem Paul lag, saßen Heike und Frank. Sie hielten sich an den Händen und betrachteten ihren Sohn. Das Kind schlief. Es hatte die Augen geschlossen. Sein Gesicht war unverletzt, wie Katharina erleichtert feststellte. Unter der Bettdecke zeichnete sich allerdings das rechte Bein viel dicker ab als das linke. Offensichtlich hatte man dem Jungen einen Verband angelegt. Frank schaute auf und erkannte Katharina. Er lächelte kurz, wandte sich an Heike und redete mit ihr. Sie antwortete und nickte Katharina dann freundlich und dankend zu. Katharina lächelte ebenfalls und wartete auf Frank, der aufgestanden war und zu ihr herüberkam. Sie verließen gemeinsam das Zimmer.

„Lass uns in die Cafeteria gehen. Ich brauche dringend etwas zum wachbleiben", schlug Frank vor, „ich fühle mich, als hätte ich den Mount Everest bezwungen. Ich bin völlig fertig."

„Das glaube ich dir gern. Die seelische Anspannung und der Stress ..."

„Frag nicht!", meinte Frank.

Sie betraten die Cafeteria, in der zu dieser nachtschlafenden Zeit niemand saß. Auch der Tresen war nicht besetzt, doch es gab Automaten am anderen Ende des Raumes, wo man Getränke und Süßigkeiten erhalten konnte. Zielstrebig steuerte Frank auf den Kaffeeautomaten zu und warf ein Ein-Euro-Stück ein. Er war wohl nicht zum ersten Mal hier unten, dachte Katharina.

Während die Maschine gurgelnde und röchelnde Geräusche von sich gab, fragte Frank:

„Willst du auch was?" Katharina winkte ab. Vielleicht später.

Frank schnappte sich den gefüllten weißen Plastikbecher und sie setzten sich an einen Tisch.

„Also“, begann Frank, nachdem er vorsichtig einen Schluck des heißen Kaffees getrunken hatte.

„Wir fahnden in die falsche Richtung.“

„Wie meinst du das?“ Katharina war verwirrt.

„Paul erzählte etwas von einer Frau, aber da war auch ein Mann dabei. Der hat ihm das … angetan.“ Frank fuhr sich mit der Hand über das Gesicht. Er war sichtlich mitgenommen. Katharina hatte ihn noch nie so gesehen. Tränen glitzerten in seine Augen, als er mit unsicherer Stimme fortfuhr.

„Eine Frau klingelte bei uns und sagte, ihr sei schlecht. Sie hatte schwarze Haare und trug eine Sonnenbrille.“

„Oh Gott!“, entfuhr es Katharina „Was hat euer Sohn mit dem Fall Werbold zu tun?“

Frank winkte ab.

„Keine Ahnung. Jedenfalls hat Paul sie reingelassen und sie hat ihn dann betäubt. Wahrscheinlich Chloroform. Sie hat ihm einen Lappen gegen Mund und Nase gedrückt, sagt er.“

„Eine Frau“, wiederholte Katharina ungläubig.

„Ja, aber wachgeworden ist Paul bei diesem Mann. In einem Keller oder einer Garage. Es roch nicht gut, sagt Paul und der Mann sprach einen komischen Dialekt. Paul konnte es nicht genauer erklären. Der Mann beschimpfte Paul und machte sich lustig über ihn. Außerdem richtete er eine Nachricht an mich.“

„An dich persönlich?“ Katharina schüttelte irritiert den Kopf. „Er kennt dich?“

„Offensichtlich, denn er hat dem Kind gesagt, dass alles meine Schuld wäre und ich in Zukunft besser aufpassen soll, was ich sage. Das wäre meine letzte Chance und nur eine kleine

Warnung. Paul hätte alles, was passiert, nur mir zu verdanken." Frank senkte den Kopf. Seine Schultern bebten.
Katharina fühlte sich hilflos. Wie sollte sie reagieren? Ihn in den Arm nehmen? Nein, das würde er nicht wollen. Also saß sie einfach nur da und ließ ihren Chef weinen. Frank hatte sich schnell wieder unter Kontrolle. Mit einem fast zornigen Gesichtsausdruck hob er den Kopf und wischte sich über die Augen.
„Das Schwein hat seinen Hund auf Paul gehetzt. Das Vieh hat sich in Pauls rechtes Bein verbissen. Es sind drei oder vier tiefe Bisse gewesen. Aber die Bestie hat auch an ihm gerissen und dabei viel Gewebe zerstört. Die Ärzte haben ihr Bestes getan. Es wird gut verheilen, sagen sie. Es werden Narben zurückbleiben, aber die Schönheitschirurgen können heute schon so viel. Vielleicht werden die Narben nicht so schlimm werden."
„Es tut mir so leid, Frank. Wer macht so etwas? Der Typ muss völlig durchgeknallt sein."
Frank nickte nachdenklich. „Und hier kommt wieder unser Freund Kablonsky ins Spiel."
Katharina dachte nach. „Er kennt dich, hat wahrscheinlich auch einen ziemlichen Hass auf dich und er hat Tyson. Du hast recht, wir sollten ihn uns wieder vornehmen. Aber du hast mir noch nicht erzählt, wie ihr Paul gefunden habt."
„Der Dreckskerl hat bei uns angerufen. Auf dem Festnetz. So, als sei es das Normalste der Welt."
„Hast du seine Stimme erkannt?" Katharina rutschte aufgeregt auf ihrem Stuhl nach vorne.
„Keine Chance. Er hat einen Stimm-Verzerrer benutzt. So was bekommst du im Internet für kleines Geld. Das hätte jeder sein können. Damit kann ich Kablonsky nicht überführen. Sorry."

„Das ist doch nicht deine Schuld. Aber was hat er gesagt?"
„Er hat gesagt: Kannst deinen Kurzen abholen. Der wartet auf dich. Auf'm Parkplatz am alten Toommarkt. In Saarburg. Dann hat der Typ einfach aufgelegt."
„Okay, du bist natürlich sofort losgefahren."
„Ja klar. Leider konnte ich Heike nicht dazu überreden, zu Hause zu warten. Wir kamen also zusammen mit einer Streife, die ich angefordert hatte, hier an und fanden ihn vor dem Gebäude. Es ist leerstehend und mit einem Zaun gesichert. Der Kidnapper hat einen Seitenschneider verwendet, um sich Zutritt zu verschaffen. Er hat Paul abgesetzt und ihm gedroht, wenn er rufen sollte oder sich irgendwie bemerkbar machen würde, dann würde der Hund wieder kommen und sich sein anderes Bein vornehmen."
Katharina konnte ihre Wut und Abscheu kaum noch unterdrücken.
„Er hat den verwundeten Jungen einfach dort abgelegt?"
„Ob du es glaubst oder nicht, Katie. Pauls Bein war medizinisch versorgt worden. Man hatte ihm zwar die Augen verbunden, er war leicht unterkühlt, steht unter Schock und ist traumatisiert. Aber der Verbrecher hat Pauls Wunden gereinigt und einen Verband angelegt. Hast du dafür eine Erklärung?"
Katharina war perplex. Sie wusste, dass Mörder ihre Opfer nach der Tat manchmal besonders herrichteten, sie schminkten, wuschen oder besonders schön anzogen. Doch warum dieser Täter dem Kind erst so etwas Furchtbares antat, es dann aber gut versorgte, war ihr im Moment schleierhaft. Dann aber fiel ihr etwas ein.
„Tut mit leid. Auf die Schnelle habe ich auch keine Erklärung für dieses Verhalten. Haben denn die Ärzte Proben genommen? Von den Bissen, meine ich."

„Oh, du meinst, ob ich in all diesem Durcheinander und Chaos, der Angst um meinen Sohn und der Wut auf den Täter noch daran gedacht hätte, den Ärzten zu sagen, dass dieser Fall Ähnlichkeit mit einer laufenden Ermittlung hat und sie bitte Speichelspuren des Hundes nehmen sollten?“

Katharina nickte beschämt. Es stimmte natürlich. Wie konnte sie nur glauben, dass er dafür einen Kopf gehabt hatte.

„Tut mir leid. Ich ...“

„Muss es nicht“, unterbrach sie Frank. Ich habe daran gedacht und die Ärzte um Proben gebeten. Keine Ahnung warum. Ich konnte einfach nicht anders.“ Er grinste.

Katharina drohte ihm mit dem Zeigefinger und er lächelte sie an.

„Wie geht es jetzt weiter“, wollte sie wissen.

„Ruf Schock an! Er soll gemeinsam mit dem Dauerdienst zu Kablonsky fahren. Wenn der kein absolut einwandfreies Alibi für den heutigen Tag hat, ist er fällig. Überprüft seinen Freundes- und Bekanntenkreis. Diese Frau muss doch zu finden sein. Wenn du ein wenig geschlafen hast, komm bitte wieder zurück und befrage Paul, wenn er wach ist. Heike und ich können hier im Krankenhaus schlafen und das muss ich jetzt auch dringend.“

„Alles klar. Ich kümmere mich darum. Wir sehen uns dann heute Vormittag wieder. Ich werde Paul sehr schonend befragen. Versprochen.“

Frank stand auf. „Davon bin ich überzeugt.“

„Schlaf ein bisschen“, sagte Katharina, „morgen geht es Paul sicher schon viel besser.“

***

Katharina saß im Büro an ihrem Laptop und arbeitete an Paul

Saalmanns Aussage zu seiner Entführung. Der Täter hatte das Kind eingeschüchtert, verhöhnt, bedroht und verletzt. Doch nach alledem wurde der Junge verarztet. Die Wunden waren säuberlich gereinigt und mit entzündungshemmender Salbe bestrichen worden, bevor man sie fast professionell verband. Sicherlich ging es dem Kidnapper dabei um die Vernichtung möglicher Spuren. All das sowie der Dialekt, den Frank am Telefon gehört hatte, passte eindeutig zu Alexander Kablonsky. Schließlich lagen der Polizei die Speichelspuren seines Hundes vor. Es wäre also sehr in seinem Interesse gewesen, die Spuren dieses Mal zu verwischen, sodass man die Beißattacke nicht auf Tyson zurückführen konnte.

Das Telefon klingelte und riss Katharina aus ihren Überlegungen. Sie nahm den Hörer ab.

„Münz."

„Hallo, Katie. Wie geht's, wie steht's? Hier ist Dietmar Wittmann von der Spurensicherung. Ist Frank da?"

Katharina sah den sympathischen, immer etwas rotgesichtigen Wittmann vor sich. Er trank manchmal ganz gerne ein wenig zu viel und war ein lustiger Typ. Sie erinnerte sich daran, wie er sich in der alten Fabrikhalle mit dem Hund und der angefressenen Leiche übergeben musste und sie ihm ein Taschentuch gegeben hatte. Ihre Gedanken schweiften ab. Dieser Fall und Kai ...

Nicht an Kai denken, ermahnte sie sich und schüttelte unwillig den Kopf.

Jedenfalls mochte Wittmann sie seither besonders gerne.

Sie konzentrierte sich auf ihren Gesprächspartner.

„Hallo, Dietmar. Mir geht es gut, danke. Von Frank kann man das allerdings gerade nicht sagen. Hast du noch nichts gehört?"

Wittmann war überrascht. „Ich weiß von nichts. Lass hören!"
Katharina berichtete ihm in kurzen Zügen von Pauls Entführung und der momentanen Situation.
Am anderen Ende der Leitung blieb es still. Wittmann musste wohl erst einmal verdauen, was er gehört hatte. Dann aber sagte er:
„So ein Mist. Das arme Kind. Hoffentlich kriegt ihr den Dreckskerl, der das getan hat. Zum Kotzen so etwas. Bitte richte Frank meine besten Grüße aus, wenn du ihn siehst."
„Mach ich", beteuerte Katharina, „kann ich sonst noch etwas für dich tun?"
Wittmann lachte. „Klar doch, deshalb habe ich ja eigentlich angerufen. Frank hatte mich gebeten, mir die Wohnung von dieser Vera Kluge anzuschauen."
„Ja, ich bin darüber informiert. Konntest du fremde Fingerabdrücke finden?", wollte Katharina wissen.
„Ich habe tatsächlich fremde Fingerabdrücke gefunden. Außer denen von Vera Kluge selbst gab es da noch Fingerabdrücke eines Mannes."
„Und?" Katharina setzte sich interessiert in ihrem Bürostuhl auf.
„Na es waren Franks Fingerabdrücke. Die Wohnung war übersät davon. Was uns das wohl sagen will?", lachte Dietmar.
„Okay", sagte Katharina gedehnt. „Sonst wirklich nichts?"
„Nichts. Absolut nichts. Nur Vera und Frank. Sonst gab es da nichts. Frau Kluge wollte es mir auch nicht glauben. Sie war richtiggehend verzweifelt. Aber ich kann ja keine Fingerabdrücke herbeizaubern, nicht? Jedenfalls hoffe ich, dass ich euch damit helfen konnte."
„Das hast du. Auf jeden Fall. Vielen Dank, Dietmar. Ich werde Frank deine Untersuchungsergebnisse mitteilen. Mach´s gut."

„Du auch, Katie. Halt die Ohren steif. Tschüss.“
Wittmann legte auf. Katharina drehte gedankenverloren den Hörer in den Händen. Vera hatte sich tatsächlich alles nur eingebildet oder der Typ trug Handschuhe, wenn er bei ihr einstieg. Katharina hoffte, dass Vera die Schlösser ausgetauscht hatte und sich sicherer fühlte. Falls nicht, würde sie sich bestimmt bald wieder melden. Katharina schob die Gedanken an Vera Kluge beiseite und konzentrierte sich wieder auf den Entführungsfall. Worüber hatte sie eben noch nachgedacht?
Ach ja, über diesen Kablonsky. Er schien einfach nicht zu fassen zu sein. Schockie war nicht sonderlich erfreut gewesen, als Katharina ihn um fast vier Uhr in der Frühe aus dem Bett geholt hatte. Doch dann siegte der Ermittler in ihm und er übernahm die Aufgabe, Kablonsky zu überprüfen. Wie sich herausstellte, war der Kerl nicht zu Hause. Nicht einmal Tyson ließ etwas von sich hören. Also beschloss Schockie, dem Arbeitsplatz des Mannes einen Besuch abzustatten. Und siehe da. Er war dort. Hinter der Theke, wie bei ihrem ersten Zusammentreffen. Dieses Mal versuchte er allerdings nicht zu fliehen, sondern zapfte seelenruhig weiter seine Biere oder mixte einen Drink. Er war den ganzen Tag im Center gewesen. Das konnten mehrere der anwesenden Damen bezeugen. Er sei nur einmal gegen 12 Uhr für ungefähr eine Stunde nach Hause gefahren, um mit Tyson Gassi zu gehen.
Zu diesem Zeitpunkt befand sich Paul aber noch in der Schule. Sowohl die Damen als auch die Leiterin des Etablissements sagten aus, dass Kablonsky gegen 13.15 Uhr gemeinsam mit Tyson wieder im Center war und Malerarbeiten in einem der Zimmer durchgeführt habe. Er habe seither das Center nicht mehr verlassen. Schockie zog also unverrichteter Dinge wieder ab und Kablonsky lachte sich ins Fäustchen. Zwar wurden die

Proben von Pauls Bein im Labor untersucht und mit Tysons Körperflüssigkeiten verglichen, doch Katharina bezweifelte, dass sich ein Zusammenhang ergeben würde. Das Alibi des Machotypen Kablonsky war wasserdicht. Er konnte nicht der gesuchte Entführer von Paul Saalmann sein.

Elmar Schock saß übermüdet und misslaunig vor seinem Laptop und suchte nach Paaren, die vorbestraft oder anderweitig kriminell aufgefallen waren. Katharinas Gedanken zogen Kreise. An Klaus Werbolds Leiche waren keinerlei Hundespuren gefunden worden. Keine Haare, keine Hautschuppen, keine Speichelspuren. Was, wenn es dieses Mal genauso war? Was, wenn dieser Hund ohne Haare der Schlüssel zu dem Fall war? Aufgeregt speicherte sie die Datei mit Pauls Aussage ab.

Damit würde sie sich später wieder beschäftigen. Erst einmal musste sie einen Hund suchen, der keiner war.

Kapitel 14

Katharina schaute aus dem Fenster. Es war Montag, gleich 13 Uhr und sie saß neben Hans-Walter im Wagen.
Als sie heute morgen aufwachte, hätte sie nicht im Traum daran gedacht, nun gemeinsam mit ihrem knurrigen Kollegen auf dem Weg in den Ruhrpott zu sein, um einen Mann zu befragen, der ihnen bei der Aufklärung des Falles behilflich sein könnte. Sie ließ ihre Gedanken zum vergangenen Freitag zurückschweifen. Nach ihrer spontanen Idee mit dem haarlosen Hund hatte sie stundenlang am Computer gesessen, Berichte über ungeklärte Beißattacken durchgelesen und sich die Bilder dazu angesehen. Niemand, auch sie nicht, konnte sich vorstellen, zu was Hunde tatsächlich in der Lage waren. Die Bilder zeigten Menschen mit großflächigen Hämatomen an den unterschiedlichsten Körperstellen. Sie zeigten blutige Gebissabdrücke und grässliche Rissspuren an Armen, Beinen, Torso und Gesäß der Opfer. Sie zeigten völlig zerstörte, zerfleischte Gesichter. Sie zeigten Tote. Auch Kinder waren darunter.
Diese Bilder nahmen Katharina besonders mit. Wenn schon Erwachsene sich kaum vor einem wild gewordenen Hund schützen konnten, so hatten Kinder ihnen überhaupt nichts entgegenzusetzen. Meist gingen diese Attacken tödlich für die kleinen Opfer aus. Und es waren viele. Katharina war entsetzt über die große Anzahl solcher Vorfälle, die dazu oft genug gar keine Unfälle waren, sondern aus Wut oder anderen niederen Gründen bewusst herbeigeführt wurden und bei denen die

Halter ihre Hunde als Waffe einsetzten. Dies war offensichtlich auch bei Klaus Werbold und Paul so gewesen.
Katharina suchte daher nach einem ähnlichen Fall. Aber wo sollte sie anfangen? Sie beschloss, im laufenden Jahr zu beginnen. Nichts. Sie hatte sich dann nach und nach bis ins Jahr 1993 zurückgearbeitet. Doch auch da gab es nichts. Es war kein Vorfall zu finden, bei dem der Hund nicht gesehen und/oder der Besitzer nicht hätte ermittelt werden konnte. Meist waren die Hunde erschossen worden. Die Besitzer kamen überraschender- und unverständlicherweise sehr oft glimpflich davon. Die Opfer allerdings weniger. Wenn sie überlebten, waren sie häufig entstellt und traumatisiert. Viele Hunde schienen besonders das Gesicht als Angriffspunkt zu wählen.
Am späten Freitagabend fuhr Katharina frustriert nach Hause. Sie war keinen Schritt weitergekommen und die Aussage von Paul musste sie auch noch fertig bearbeiten. Es war schon nach 21 Uhr, als sie die Haustür aufschloss. Ella freute sich und tanzte wild um sie herum. Katharina kraulte ihren schwarz-weißen Liebling.
Dann hatte sie eine Idee. Sie zog sich schnell um, schlüpfte in ihre Laufschuhe und rannte dem Frust davon. Ella fand die Idee wunderbar und sauste begeistert den Waldweg entlang. Während Katharina schnell in ihr Lauftempo fand, konnte sie abschalten und entspannen. Laufen war schon immer eine Art Medizin für sie gewesen. In der Klinik war sie, nachdem es ihr etwas besser ging, jeden Morgen eine Runde gejoggt. Es half ihr, wieder zu sich selbst zu finden. Auch jetzt spürte sie förmlich, wie die Anspannung des Tages von ihr abfiel. Als sie nach einer fast fünfzigminütigen Runde wieder zu Hause ankam, wurde es schon dunkel. Ihre Laune hatte sich um Welten verbessert und sie verspürte ein angenehmes Hungergefühl.

Als sie die Haustür aufschloss, läutete das Telefon.
Noch ein wenig außer Atem hob sie den Hörer ab.
„Münz."
„He, bist du zum Telefon gehechtet?", lachte Beate.
„Hallo. Ja so ähnlich. Ich war noch eine Runde mit Ella laufen. Bin spät nach Hause gekommen."
„Das kennt man ja. Ich habe Ella um 17.30 Uhr rausgelassen, wie besprochen. Das wollte ich dir nur sagen", erklärte Beate.
„Du bist ein Schatz. Aber ich wusste doch, dass ich mich auf dich verlassen kann", meinte Katharina.
„Klar doch. Aber ich wollte dir noch etwas anderes erzählen."
„Schieß los!" Katharina setzte sich auf einen Stuhl und öffnete mit der linken Hand ihre Laufschuhe.
„Ich war heute abend noch im Altenheim. Du weißt doch, dass ich dort einmal die Woche Frau Ziegeler besuche."
„Ja, du hast sie in der Klinik kennengelernt. War's nicht so?"
„Stimmt. Sie ist eine sehr schwierige Person. Kommt mit niemandem klar."
„Und du besuchst sie, weil sie sonst ganz allein auf der Welt wäre."
„Genau. Keine Ahnung warum. Ich fühle mich irgendwie dafür verantwortlich, dass sie nicht völlig einsam stirbt. Aber das wollte ich dir gar nicht erzählen."
„Sondern was?", fragte Katharina amüsiert.
„In der Lobby hab ich Vera getroffen. Sie saß mit einer Frau zusammen an einem der Tische. Ich habe sie natürlich gegrüßt. Sie war, glaube ich, nicht besonders erfreut mich zu sehen."
„Meinst du, sie ist nachtragend, weil du dich ein wenig über ihre Einbrecherstory lustig gemacht hast?"
„Mir kam es jedenfalls so vor. Ist auch egal. Sie hat mir die Frau als ihre Mutter, Frau Fusenig, vorgestellt. Sie leidet an

Morbus Parkinson und ist bereits seit einigen Jahren in dem Heim. Ich habe Vera gefragt, ob es ihr besser geht. Mit der Wohnung und so."

„Und?"

„Sie war ziemlich kurz angebunden. Hat gemeint, dass ihr ja sowieso keiner glaubt und sie müsste jetzt ihre Mutter wieder auf ihr Zimmer bringen."

„Oh, scheinbar konnten die fehlenden Fingerabdrücke sie nicht überzeugen."

„Oder sie ist wirklich, sagen wir mal, etwas überspannt. Das glaube ich viel eher", meinte Beate.

„Ich sehe schon, die besten Freundinnen werdet ihr beide in diesem Leben nicht mehr", feixte Katharina.

„Bestimmt nicht", gab Beate zu. „Was machst du denn heute Abend noch Schönes?"

„Ich habe Hunger und werde mich gleich mit einem Glas Wein und irgendetwas Leckerem zu Futtern auf die Couch werfen."

„So ähnlich habe ich mir meinen Abend auch vorgestellt. Morgen hole ich Ella dann wie besprochen ab, damit Frauchen schick essen gehen kann."

„Vielen Dank dafür. Es ist super, dass du sie nimmst und ich mir keinen Stress wegen ihr machen muss. Bei dir ist sie gut aufgehoben", meinte Katharina.

„Genau. Stress ist gar nicht gut. Und ich freue mich darauf, Ella über Nacht hier zu haben. Dann fühle ich mich vollkommen sicher. Und du hast eine sturmfreie Bude." Beate kicherte.

„He, du willst mir doch wohl nichts unterstellen?" Katharina tat beleidigt.

„Mach, was dir guttut! Das ist alles, was ich dir raten möchte. Wir sehen uns dann morgen gegen 16 Uhr. Setz einen Kaffee auf, ja?", verabschiedete sich Beate.

„Mach ich. Bis morgen dann. Tschüss."
Katharina legte auf. Beate war wirklich eine ganz Liebe. Also hatte ihr Zusammenbruch doch etwas Gutes gehabt, dachte Katharina, während sie ihre Sportklamotten auszog. Ohne den Klinikaufenthalt hätte sie Beate niemals kennengelernt. Sie ließ den Abend gemütlich ausklingen und schlief vor dem Fernseher ein.

***

Am Samstag war sie mit Amtstierarzt Dr. Sennesfeld essen gewesen. Schon gleich nachdem er sie abholte, schick aber leger gekleidet mit Markenjeans, Sakko und T-Shirt, bot er ihr das Du an. Ein kurzes Verbrüderungsküsschen und sie fuhren los. Das Restaurant seiner Wahl lag im Westen von Trier im Stadtteil Euren. Sie betraten den Wilden Kaiser, wie man die Räumlichkeiten getauft hatte, und Katharina war angenehm überrascht. Gediegen, gemütlich und mit Grill. Sie fühlte sich sofort wohl. Schicki-Micki-Restaurants waren nichts für sie und daher war sie froh, dass Dr. Sennesfeld ihren Geschmack teilte. Die Speisekarte ließ nichts zu wünschen übrig. Katharina entschied sich schließlich für einen Salatteller, der riesig ausfiel. Ihr Gastgeber wählte Pfeffersteak nach Art des Hauses. Das Essen war vorzüglich und sie gönnten sich zum Abschluss noch eine Crème brûlée.
Während sie schweigend den Nachtisch genossen, dachte Katharina für einen kurzen Augenblick daran, wie schön sie es immer fand, wenn Kai für sie kochte. Schnell verscheuchte sie den Gedanken, doch obwohl sie es nicht wollte überlegte sie, wie es ihm wohl ging. Bei der Aufarbeitung des Vorfalls im Gefängnis war klar geworden, dass einige der Insassen es auf

Kai abgesehen hatten. Er war ihnen wohl zu arrogant vorgekommen. Zu sehr von sich selbst überzeugt. Mit dem Haupttäter musste sich Kai kurz vor dem Angriff ein Wortgefecht geliefert haben. Das konnte der Kerl nicht auf sich sitzen lassen. Mehrere seiner Kumpel hatten Kai, als er am Boden lag, gegen Körper und Kopf getreten. Was Katharina zuletzt über Kais Zustand gehört hatte, klang nicht gut. Seine Hirnblutung war noch schlimmer geworden. Große Teile seines Gehirns waren geschädigt. Die Neurologen erklärten ihn für hirntot. Es war tatsächlich so, wie Hans-Walter gesagt hatte. Kai war nur noch Gemüse. Nur noch ein Körper ohne Geist, ohne ...

Sennesfeld unterbrach ihre Gedanken.

„Ich hoffe, du bist satt und zufrieden?"

Katharina lächelte. Der Abend war recht nett verlaufen. Die Gespräche mit Sennesfeld waren interessant, aber anstrengend. Er kannte sich aus in Kultur und Politik, schien allerdings eine Vorliebe für lange Monologe zu haben und hörte sich selbst gerne zu, was Katharina schnell ermüdete. Sie unterhielten sich auch über Hunderassen und deren Vor- und Nachteile. Dies interessierte Katharina schon viel mehr, jedoch glitt auch dieses Gespräch ins Wissenschaftliche ab, als er neue tierärztliche Erkenntnisse zum Thema einfließen ließ. Sennesfeld war trotz seines Berufes ein begeisterter Jäger, besaß zwei Jagdhunde und hatte sich sogar eine kleine Jagd in der Eifel gepachtet. Er schien nicht gerade arm zu sein, denn eine solche Pacht konnte leicht einige tausend, wenn nicht zehntausend Euro kosten, wie Katharina wusste. Doch diese Information machte den Amtstierarzt für sie gleich ein gutes Stück weniger attraktiv. Sie hatte nichts übrig für die Jagd. Sie mochte die scheuen Rehe und Hirsche mit den großen dunklen Augen, bei denen das Kindchenschema voll zuschlug und konnte beim besten

Willen nicht verstehen, warum Menschen sie ohne Not töteten. Daher wechselte Katharina so schnell es ging das Thema und fragte ihn belanglose Dinge. Nach einem abschließenden Espresso entstand ein peinlicher Moment, als er sie fragte, wie sie sich denn den weiteren Verlauf des Abends vorgestellt hatte. Da Katharina nicht gleich antwortete, übernahm er es für sie. „Also wenn du mich fragst, würde ich vorschlagen, wir fahren noch zu mir und genehmigen uns einen Absacker, bevor ich dich zurück in den wilden Wald fahre. Was meinst du?“, schlug er vor.

Katharina wusste es nicht genau. Wollte sie mit ihm nach Hause fahren? Sie war sich darüber im Klaren, was dies bedeutete. Aber wollte sie das auch? Bernds Gesicht schlich sich in ihre Gedanken. War sie ihm etwas schuldig? Nein, war sie nicht. Aber sollte sie jetzt mit jedem Mann, der Interesse an ihr zeigte, in die Kiste hüpfen, nur weil sie Single war? Sie betrachtete ihr Gegenüber. Georg Sennesfeld war im Grunde ein Traummann. Zumindest vom Aussehen her. Groß, muskulös, kantiges, männliches Gesicht, dunkle Augen und dichtes braunes Haar. Eigentlich war er ihr Typ. Doch seine, wie sie fand, übertrieben selbstsichere Art und sein Faible für die Jagd waren unübersehbare Minuspunkte. Er mochte sich selbst zu sehr, fand sie, und sie konnte sich gut vorstellen, wie der Sex mit ihm aussehen würde. Schnell, zackig und auf den Punkt kommend. Zielführend. Dieses Wort hatte er bei der Beschreibung seiner Jagderlebnisse mehrmals benutzt. Das Ansitzen sollte zielführend verlaufen, sonst war er nicht zufrieden. Wenn er auf die Pirsch ging, dann musste etwas erlegt werden. Blattschuss. Tja, und genau das brauchte sie nicht. Vielleicht tat sie ihm Unrecht und in Gedanken tat sie Abbitte, aber einen romantischen oder erotischen Abend mit Georg Sennesfeld konnte sie sich nun, da sie ihn besser kannte, beim besten Willen nicht vorstellen.

„Sei mir bitte nicht böse, aber ich bin müde. Die ganze Woche war sehr anstrengend und außerdem muss ich nach Ella sehen“, flunkerte sie daher.

Sein Gesicht verzog sich. Er kniff die Augen zusammen. Für einen kurzen Moment sah er tatsächlich verärgert aus. Wahrscheinlich war er es nicht gewohnt, abgewiesen zu werden. Doch dann hatte er sich schnell wieder unter Kontrolle.

„Kein Problem. Es ist zwar schade, aber das mit dem Absacker können wir ja ein andermal nachholen.“

Er hob die Hand und signalisierte dem Kellner damit, dass er zahlen wollte.

Die Rückfahrt verlief recht schweigsam. Katharina dachte über ihr jetziges Leben nach. Wie würde es mit ihr weitergehen? Stimmte es wirklich, dass die Zeit alle Wunden heilte? Dann brauchte sie sicher noch jede Menge Zeit, um all den Schlamassel, der die letzten Monate ihr Leben bestimmt hatte, zu vergessen.

Georg setzte sie vor ihrem Haus ab und sie bat ihn nicht mehr hinein. Ein freundschaftlicher Kuss auf die Wange, mehr war nicht drin.

***

Als Beate am Sonntagnachmittag Ella zurückbrachte, konnte Katharina tatsächlich stolz einen selbst gebackenen Kuchen vorweisen. Beate war beeindruckt. Gemeinsam ließen sie es sich schmecken, saßen im Garten und tratschten. Katharina empfand diesen Tag als wunderbar und erholsam. Viele ihrer dunklen Gedanken verschwanden durch das sonnige Wetter und die gute Laune, die beim Klönen mit ihrer Freundin Beate entstand. Katharina fühlte sich fast so wie früher. Sie genoss es, nicht an die Arbeit denken zu müssen und konnte herzlich über die Anekdoten lachen, die Beate mit schauspielerischem Eifer und Talent zum Besten gab. Nachdem ihre Freundin sich verabschiedet hatte, zog Katharina ihre Laufschuhe an und joggte noch eine Runde mit Ella. Während die letzen Sonnenstrahlen des Tages zwischen den Blättern der Bäume hindurchblitzen, dachte Katharina an Bernd. Sie würde ihn anrufen. Bald.

Nach einer fest durchgeschlafenen Nacht, einer ausgiebigen Dusche und einem kleinen Spaziergang mit Ella fuhr sie am nächsten Morgen immer noch in Hochstimmung ins Büro. Als Elmar Schock das Zimmer betrat, saß sie schon wieder am Laptop und suchte weiter nach unaufgeklärten Hundeattacken. Schockie sah nicht gut aus. Er war für Frank bei der Obduktion von Gregor Brenner dabei gewesen und wie es schien, steckte ihm dieses Erlebnis noch in den Knochen. Blass und wenig gesprächig hatte er sich hinter seinen Laptop verkrochen und Katharina ließ ihn in Ruhe. Sie war froh, dass er und nicht sie diese Aufgabe übernommen hatte. Sicher würde er ihr später erzählen, was bei der Untersuchung herausgekommen war und den Bericht bei Dr. Basten anfordern. Gerade wollte sie sich wieder ihrer Suche widmen, als die Tür aufging und Hans-Walter mit einem breiten Grinsen hereinsegelte. Katharina war erfreut und sehr überrascht zu hören, dass er ab sofort den Dienst wieder aufzunehmen gedachte.

„Daheim fällt mir die Decke auf den Kopf. Außerdem kommt Frank sicher noch ein paar Tage nicht ins Büro. Ist auch besser, wenn er momentan bei seiner Familie bleibt“, meinte er gut gelaunt und flegelte sich, ohne Elmar Schock weiter zu beach-

ten, in Franks Schreibtischstuhl.
„Gibt´s was zu tun?“, wollte er wissen.
Katharina erklärte ihm, womit sie gerade beschäftigt war, und bot ihm grinsend an, sich durch die Berichte zu lesen, um auf dem neuesten Stand zu sein.
Seufzend willigte Hans-Walter ein. Das war nicht gerade die Arbeit, die er besonders schätzte. Katharina fuhr mit ihrer Suche fort. Es dauerte noch eine ganze Weile, aber dann wurde sie endlich fündig. Im Jahr 1990 war ein junger Mann aus Datteln in Nordrhein-Westfalen von einem oder mehreren Unbekannten attackiert und misshandelt worden. Der oder die Täter hetzten einen Hund auf ihr wehrloses Opfer und bedrohten es. Der Überfallene, ein Arno Boos, trug schwere Bissverletzungen davon. Zwar erstatteten seine Eltern eine Anzeige gegen Unbekannt, Boos war damals noch nicht volljährig, doch weder der Täter noch der Hund, von dem weder Pfotenabdrücke noch anderes genetische Material festgestellt wurde, konnte ermittelt werden. Die Untersuchungen wurden eingestellt.
Katharinas Herz klopfte schneller. Konnte dieser Arno Boos sie weiterbringen? Ohne Probleme hatte sie nach kurzer Zeit seinen Wohnort ermittelt. Noch immer lebte er in Datteln. Sie druckte die Adresse aus und wählte seine Telefonnummer, doch sie wurde nur mit einem kurzen: Kein Anschluss unter dieser Nummer entschädigt. Ob er umgezogen war? Katharina überprüfte die Adresse und die Telefonnummer. Alles stimmte. Sie runzelte die Stirn. Dann hellten sich ihre Gesichtszüge auf. Sie würde hinfahren. Genau!
Nach einem kurzen Telefongespräch mit Frank setzten sie und Hans-Walter, der sich das auf keinen Fall nehmen lassen wollte, sich ins Auto und fuhren los. Sie musste unbedingt

heute noch diesen Arno Boos befragen, koste es, was es wolle. Katharina wollte Frank helfen, so schnell wie möglich denjenigen zu finden, der seinem Sohn so etwas angetan hatte.
Kollege Schock übernahm die Stallwache diesmal ohne Murren. Nach der Obduktionserfahrung war er ungewöhnlich handzahm. Mit einem Grinsen dachte Katharina, dass sich sein Verhalten sicher bald wieder ändern würde.
Die Fahrt über die A1 dauerte gute drei Stunden. Katharina war wohl kurz eingenickt, denn das Klingeln und Vibrieren ihres Handys ließ sie erschreckt hochfahren.
„Münz", meldete sie sich etwas benommen.
„Basten", ertönte die Stimme des Amtsarztes. „Habe ich Sie etwa geweckt?"
„Äh, nein. Ich war nur in Gedanken", antwortete Katharina peinlich berührt und räusperte sich. Hans-Walter schaute kurz zu ihr hinüber und kniff ein Auge zu.
Sie schnitt eine Grimasse und fragte:
„Was gibt es denn, Herr Basten?"
„Ich dachte mir, es würde Sie interessieren, woran Herr Brenner gestorben ist."
Katharina richtete sich etwas mehr auf.
„Ja, das interessiert mich natürlich. Herr Schock hat sich mir gegenüber nämlich bisher noch nicht zu der Obduktion geäußert."
„Oh", Herr Basten lachte kurz auf.
„Tja, das kann ich mir gut vorstellen."
„Wie meinen Sie das?", wollte Katharina wissen.
„Nun ja, der gute Herr Schock bekam einen Schock, als er mir bei der Arbeit zusah, wenn Sie wissen, was ich meine."
„Ist er ...?", Katharina konnte sich schon denken, was nun kommen würde.

„Und ob. Zusammengeklappt wie ein Campingtisch. Ich könnte mir vorstellen, dass er das nicht so gerne erzählen möchte."

Katharina grinste. Der arme Schockie. Aber er war nicht der erste und auch nicht der letzte, dem es bei der ersten Obduktion schlecht wurde. Katharina dachte schaudernd an ihr eigenes Erlebnis dieser Art.

„Verstehe. Was haben Sie denn herausgefunden?"

„Also, Brenner wurde aus dem Auto geschleudert und muss gegen etwas geprallt sein. Ein Ast vielleicht oder gegen einen Polder am Straßenrand. Jedenfalls war der Aufprall so stark und punktuell, dass er einen feinen Leberriss erlitt. Dieser führte dann zu einer langsamen aber stetigen inneren Blutung, die letztendlich tödlich war."

„Ich verstehe", Katharina biss sich auf die Unterlippe.

„Falls es Ihnen hilft. Ich nehme an, dass der Mann sich durch den Blutverlust müde und erschöpft fühlte. Ich denke, er wird sich hingelegt haben, um ein wenig auszuruhen und ist, sagen wir mal, einfach weggedämmert."

„Danke, Herr Basten", Katharina verabschiedete sich.

Sie spürte Erleichterung darüber, dass Gregor nicht hatte leiden müssen. Sie stellte sich ihn vor, wie er in dem Maisfeld eingeschlafen war, um nicht wieder aufzuwachen. Gut, dass er nichts mehr spüren konnte, als der Maishäcksler kam.

„Was Schlimmes?", wollte Hans-Walter wissen.

„Wie man's nimmt", antwortete Katharina und erzählte ihm, was sie gerade erfahren hatte.

„Da hatte er ja noch Glück im Unglück", bemerkte Hans-Walter. „Wir sind gleich da."

Sie verließen die Autobahn und folgten den Anweisungen des Navi. Nach einiger Zeit stoppte der Wagen vor einer Häuserzeile. Dieses Viertel der Stadt musste schon bessere Tage gesehen haben. Nun war es heruntergekommen und sah ungepflegt und verwahrlost aus. Die dreistöckigen Reihenhäuser waren wahrscheinlich einmal weiß gewesen, doch nun sahen die Fassaden schmutzig grau aus und zum Teil bröckelte der Putz von ihnen ab. Das Holz der Fensterrahmen und Türen splitterte und war schon ewig nicht mehr gestrichen worden. An vielen der Häuser hatten sich Graffiti-Sprüher ausgetobt. Die meisten Fenster erschienen ungeputzt und blind. Alles wirkte verlottert und es sah aus, als habe man diese Straßen und mit ihnen ihre Bewohner einfach aufgegeben und vergessen.

„Nette Gegend“, meinte Hans-Walter, „wollen wir?“

Sie stiegen aus und gingen auf das erste Haus in der Reihe zu. Sechs Namenschilder waren neben der Tür angebracht. Und tatsächlich stand auf dem rechten unteren Schild der Name Boos. Katharina drückte auf die Klingel.

Nach kurzer Zeit summte der Türöffner und sie drückte gegen das Türblatt. Es empfing sie ein kurzer, dunkler und muffiger Flur, in dem an der einen Seite zwei Kinderwagen standen. Vor ihnen führte eine Treppe nach oben. Katharina drückte den Lichtschalter, doch nichts geschah. Sie stiegen die Stufen hinauf und gelangten auf einen Treppenabsatz, von dem rechts und links eine Tür abging. Nichts tat sich. Ein Stockwerk über ihnen wurde aber nun eine Tür geöffnet. Schnell gingen sie weiter und stiegen auch die nächste Treppe hinauf. In der Tür stand eine schmale Frau. Sie trug eine Jeans und ein verwaschenes T-Shirt. Sie sah müde aus. Ihr blondes Haar war zu einem Pferdeschwanz zusammengebunden und wirkte strähnig und ungewaschen. Auf ihrer Hüfte saß ein ungefähr einjähriges Kind. Es nuckelte an einem schäbig und schmutzig aussehenden Stofftier.

Katharina holte ihren Ausweis hervor. Die Frau riss erschrocken die Augen auf.
„Mein Name ist Katharina Münz. Dies ist mein Kollege Herr Beumers. Wir sind von der Polizei in Trier und würden gerne Arno Boos sprechen. Ist er da?"
„Wat hat der denn jetz schon wieder gemacht?"
Der Gesichtsausdruck der Frau spiegelte Ärger, aber auch Resignation wider.
Bevor Katharina antworten konnte, drehte sie sich um und rief in die Wohnung hinein.
„Arno! Komma her! Hier is de Polizei."
Aus der Wohnung ertönte ein ungehaltenes: „Wat is?"
Dann kam Arno Boos zur Tür und sah die beiden Beamten unfreundlich an. Er war mittelgroß und dünn, fast hager. Über einer schwarzen Jogginghose trug er nur ein Feinripp-Unterhemd, das schon bessere Tage gesehen hatte. In jungen Jahren war er sicher einmal gut aussehend gewesen, stellte Katharina fest. Dunkelbraune Augen mit dichten Wimpern, eine gerade, schmale Nase und ein sinnlicher, fein geschwungener Mund. Doch Arno Boos hatte sein Äußeres erfolgreich verschlechtert. Er war unrasiert und sein Gesicht zeigte deutliche Anzeichen eines ausufernden Alkolkonsums. Das ehemals dunkle Haar war von grauen Strähnen durchzogen und sah ungewaschen aus. Er war schon länger nicht mehr beim Frisör gewesen.
„Um wat geht et?", fragte er betont genervt und entblößte dabei erstaunlich gerade und weiße Zähne, die so gar nicht zum Rest seines Erscheinungsbildes passen wollten. Er kann höchstens vierzig sein und hat schon eine Zahnprothese?, dachte Katharina, konzentrierte sich dann aber darauf, dem Mann zu antworten.
„Wir möchten Sie wegen des Angriffes auf Sie im Jahr 1990

sprechen und Ihnen dazu einige Fragen stellen. Hätten Sie ein paar Minuten Zeit für uns? Wir sind extra Ihretwegen aus Trier hierher gefahren. Leider waren wir gezwungen, Sie persönlich aufzusuchen. Telefonisch waren Sie nicht erreichbar."
„Ach dat", sagte Boos und es war nicht klar, was er meinte. „Kommense rein. Ist doch ok, Mudda, oder?", wandte er sich an die Frau.
Sie nickte und ging gemeinsam mit Boos in die Wohnung hinein. Katharina und Hans-Walter folgten ihnen.
Die Wohnung spiegelte ihre Bewohner wider. Auf dem Weg ins Wohnzimmer konnte Katharina einen kurzen Blick in die Küche und in das Schlafzimmer werfen. Diese Wohnung hätte dringend eine Generalsanierung gebraucht. Auch das Wohnzimmer vermittelte diesen Eindruck. Eine große Couchlandschaft dominierte eine Seite des Raumes. Die Polster waren fadenscheinig und durchgesessen. Auf dem Sofa lagen mehrere Kissen, eine zerknüllte Decke und eine aufgeschlagene Fernsehzeitung. Der Couchtisch war leer. Die Möbel im Raum waren weit davon entfernt, neu auszusehen. Nur der Fernseher, der gegenüber der Sitzgarnitur in einer Schrankwand stand, schien neueren Datums zu sein. Er lief und zeigte eine Verkaufssendung. Auf der anderen Seite des Zimmers stand ein Laufstall, in den die Frau nun das Kind setzte. Sie trat zum Sofa und schob die Decke und die Kissen beiseite. Dann setzte sie sich. Arno Boos blieb stehen. Er bot den beiden Beamten keinen Platz an und schaltete auch den Fernseher nicht aus.
„Wat wollt ihr wissen?", fragte er und verschränkte die Arme vor der Brust.
„Wir konnten den Akten entnehmen, dass Sie im Jahr 1990 von jemandem mit einem Hund angegriffen wurden."
„Dat kann man wohl so saren", meinte Boos.

„Woll'n se ma seh'n?"
Ohne auf eine Antwort zu warten zog er sein rechtes Hosenbein hoch und entblößte seinen Unterschenkel. Dann drehte er sich leicht zur Seite, damit man seine Wade sehen konnte. Katharina sah ein Netz wulstiger Narben, die sich über das gesamte untere Bein zogen. Das waren scheußliche Wunden gewesen. Sie schauderte. Zum Glück musste Frank sich das nicht ansehen.
„Das war der Hund?", wollte sie wissen.
Boos nickte und ließ das Hosenbein wieder herunter.
„Hat fast Hackfleisch aus mir gemacht dat Biest. Und dabei keinen Mucks. Kann ich bis heute nich verstehn. Kein Knurren oder so. Nix. Hat nur gebissen und mir's Bein zerfetzt. Im Krankenhaus ham se mich zusammengeflickt, so gut wie se dat damals eben konnten. Heut hätt ich weniger Narben."
„Würden Sie uns bitte noch einmal erzählen, wie der Überfall ablief?"
„Hab ich ja damals schon. Aber wat soll's. War siebzehn damals. Bin mit dem Mofa durch 'n Wald gefahren. Da war 'n Seil gepannt. Bin hingebrettert wie nur wat. War aber noch nich ganz weggetreten, da ballert mir einer mit Schmackes gegen'n Kopp und da war estma Sendeschluss."
„Sie waren also eine Zeit lang ohnmächtig", fasste Katharina zusammen.
„Was geschah, als Sie wieder zu sich kamen?"
„War gefesselt an em Baum. Un se hatten mir den Mund zugeklebt."
„Wen meinen Sie mit sie? Waren es mehrere Täter? Wie viele?", Hans-Walter wirkte ungehalten.
Boos warf ihm einen nervösen Blick zu. Er lügt, dachte Katharina.

„Ja, et waren ein paar Typen, mein ich. Also mindestens ma zwei."

„Meinen Sie oder wissen Sie?"

„Ich mein, weil ich hatt ja die Augen verbunden."

„Wie konnten Sie dann behaupten, dass es mehrere waren?" Hans-Walters Stimme nahm einen drohenden Klang an.

„Wat is hier los? Wollt ihr wat von mir oder nich? Wenn ihr hier den bösen Bullen rauskehren wollt, zeig ich euch, wo der Maurer et Loch gelassen hat. Klaro?"

Katharina spürte, dass Hans-Walters grobe Art sie nicht weiterbringen würde. Daher wandte sie sich an ihren Kollegen und sagte betont freundlich.

„Würdest du bitte im Auto auf mich warten? Ich denke, Herr Boos und ich schaffen das hier auch allein."

Hans-Walter warf ihr zuerst einen ärgerlichen Blick zu. Doch dann nickte er, machte aber keine Anzeichen, den Raum zu verlassen. Stattdessen trat er einen Schritt zurück und sagte.

„Ich warte hier, wenn's genehm ist. Mach du weiter."

Katharina lächelte ihm dankbar zu. Sie wusste, dass es Hans-Walter schwer fiel, nicht mit der Tür ins Haus zu fallen und außerdem wollte er auf sie aufpassen. Die feinen leisen Töne waren halt nicht seine Art.

„So, Herr Boos", wandte sie sich wieder an den Mann.

„Es waren also mehrere Personen. Sprachen alle mit Ihnen oder gab es jemanden unter den Angreifern, der Ihnen besonders aufgefallen ist?"

Nach einem weiteren abwertenden Blick auf Hans-Walter gab Boos Antwort.

„Dat kann ma wohl saren. Muss 'n junget Kerlchen gewesen sein. Der hat die ganze Zeit gequasselt . Wat ich für 'n Arschloch wär. Für wen ich mich halten würd und so 'n Kram. Hat sich richtig in Wut geredet. Un in der Zeit, wo der rumgebrüllt hat, hat ′n anderer mich verkloppt. Ich hab gedacht, ich würd sterben."

„Woran haben Sie bemerkt, dass es ein weiterer Täter war, der Sie geschlagen hat?"

Der Blick des Mannes wurde unstet. Seine Augen huschten ein paar Mal schnell zwischen Katharina und Hans-Walter hin und her. Er suchte nach einer Ausrede. Katharina kannte diese Anzeichen nur zu gut. Arno Boos sagte ihnen auf jeden Fall nicht die ganze Wahrheit.

„Der junge Schnösel hat nich schneller geatmet oder so. Ich mein, nich so, als würd er sich anstrengen. Deshalb."

„Verstehe. Und Sie sind sich sicher, dass der Redner noch sehr jung war?"

Boos war offensichtlich der Meinung, dass Katharina seine Erklärung geschluckt hatte, denn sein Blick wurde wieder ruhiger.

„Ja, der war wohl noch im Stimmbruch. Der kiekste rum. Mal hoch, mal runter mit der Stimme. Wie man dat so kennt."

„Okay. Wie ging es weiter?"

„Als der mit seinem Gebrülle fertig war, sacht der. ‚So, un jetz lernste meine Süße kennen.' Ich denk noch: Für wat soll ich denn dem Kerl seine Olle kennen lernen? Da merk ich, wie wat an meinem Bein rummacht und dann hat dat Drecksvieh mich gebissen. Ich hab gedacht, dat war et jetz."

„Das muss schrecklich gewesen sein." Katharina setzte einen mitfühlenden Blick auf.

„Dat kann sich keiner vorstellen. Et waren schlimme Biss- un Reißwunden, ham se im Krankenhaus gesagt. Hab geblutet wie ′n Schwein."

„Aber Sie wurden doch erst am nächsten Tag gefunden? Wie

haben Sie diesen hohen Blutverlust überleben können?"
Wieder huschte ein Ausdruck von Unsicherheit über das Gesicht des Mannes.
„Also, dat stand nich in der Akte drin, dat wat ich Ihnen jetzt sach. Hatten die im Krankenhaus nich extra erwähnt und mir war dat irgendwie peinlich."
„Was meinen Sie?", Katharinas Herz klopfte schneller.
„Na, et war so, dat ich ohnmächtig geworden bin, als dat Vieh so an mir rumgezerrt hat. Als ich wieder zu mir kam, waren de Typen wech. Ich hing immer noch annem Baum, aber mein Bein, dat hatten se verbunden."

Kapitel 15

„Also bist du dir sicher, dass es einen Zusammenhang zwischen dem Überfall 1990 auf Arno Boos, dem Überfall auf Paul und dem Mord an Klaus Werbold gibt?"

„Ja, Frank. Die Tatsache, dass bei keinem der Angriffe die Spuren des Hundes nachgewiesen werden konnten und der oder die Täter ihr Opfer erst verletzt, dann aber verbunden haben, weist darauf hin."

„Na, diesen Werbold hat ja nachweislich niemand verbunden", gab Frank zu bedenken.

„Die Vorgehensweise ist aber die gleiche. Der Unterschied besteht darin, dass Arno Boos und Paul nicht sterben sollten. Das war eine bewusste Entscheidung des Täters. Bei Werbold hingegen stand meiner Meinung nach die Tötungsabsicht klar im Vordergrund. Hinzu kommt, dass unser Täter nach und nach seine anfänglichen Hemmungen immer mehr abgebaut hat."

„Was meinst du?"

„Möglicherweise, nein, ganz sicher gibt es weitere Delikte dieser Art, die aber nicht publik wurden. Anfangs waren seine Aktionen wahrscheinlich noch ungezielter und die Opfer wurden nicht ernsthaft verletzt. Wahrscheinlich hat er anfangs auch keinen Hund eingesetzt. Doch nach und nach wurde seine Vorgehensweise immer brutaler. Er bestraft seine Opfer für etwas, was sie tatsächlich oder nur seiner Meinung nach getan haben. Darauf deutet, dass er damals schon Arno Boos beschimpft und dessen Verhalten verurteilt und angeprangert hat, bevor er den Hund auf ihn losließ."

„Du meinst den Satz über dessen Umgang mit Frauen?"

„Genau. Der Angreifer hat ihm vorgeworfen, Frauen wie Dreck zu behandeln. Und er hat Boos gesagt, dass es für alles irgendwann eine Rechnung gäbe. Klaus Werbold muss demnach etwas getan haben, dass eine drastischere Strafe verlangte. Er hat eine höhere Rechnung bezahlen müssen."

Wie es Franks Art war, resümierte er noch einmal, was er gehört hatte.

„Ich fasse also zusammen. Wir haben es wahrscheinlich mit einem Mann um die fünfundreißig bis vierzig zu tun. Er bestraft seine Opfer durch Bisse eines nicht identifizierten Hundes, der außerdem, sollte unsere Vermutung stimmen, um die zwanzig Jahre alt sein müsste."

„Mach dich ruhig lustig über mich. Ich weiß auch, dass es nicht derselbe Hund sein kann. Vielleicht ist es aber gar kein Hund, sondern etwas anderes", gab Katharina zurück.

„Und was könnte das sein?"

„Ich weiß es nicht, Frank. Das war ein Schuss ins Blaue. Vielleicht eine Art Schlagring oder so. Ein weiteres Rätsel ist die Frau, die Werbold entführt und die Paul gesehen hat. Ich weiß noch immer nicht, wie sie in das Bild passt."

„Du musst den Fall ja nicht alleine lösen. In der Soko arbeiten schließlich noch andere Kollegen mit. Jedenfalls hat dieser Boos damals nicht die ganze Wahrheit gesagt. Stimmt´s?"

„Stimmt. Er verschwieg die Sache mit dem Verband. Die Ärzte nahmen wohl an, dass die Leute, die ihn fanden, ihn erstversorgten. Daher kam auch vom Krankenhaus keine Information diesbezüglich."

„Und du bist der Meinung, dass er auch im Hinblick auf die Zahl der Angreifer nicht ehrlich war?"

„Seine gesamte Körpersprache wies darauf hin. Womöglich

war es tatsächlich nur ein einziger Angreifer, den er vielleicht sogar kannte. Er könnte aus Scham darüber, von einem Jüngeren und Schwächeren dermaßen zugerichtet worden zu sein, gelogen und mehrere Angreifer erfunden haben. Möglicherweise täusche ich mich aber auch und Boos hat doch die Wahrheit gesagt und die Frau war damals schon bei dem Überfall auf ihn mit dabei." Katharina seufzte.

„Der Angreifer war ein junger Mann im Stimmbruch?"

„Das hat Boos mehrmals bestätigt. Die Stimme sei kieksig gewesen. Mal hoch, mal tief."

Katharina stockte. Für einen Sekundenbruchteil war ein Gedanke aufgetaucht und wieder verschwunden. Sie runzelte die Stirn. Was war das eben für eine Idee gewesen? Sie konnte sie nicht richtig greifen.

„Den Hund hat er aber nicht gehört", sagte Frank gerade in diesem Moment und ihr Gedankenblitz war fort. Unwillig schüttelte Katharina den Kopf. Sie würde sich später wieder damit beschäftigen.

„Seine Aussage darüber halte ich für absolut glaubwürdig", antwortete sie.

„Er sagt, der Hund habe keinen Laut von sich gegeben. Boos wurde von dem Angriff des Tieres vollkommen überrascht."

„Seltsam. Paul hat den Hund deutlich gehört, bevor er angriff. Er sagt, das Vieh habe auch während des Angriffs geknurrt und gebellt. So viel zu deiner Theorie mit dem Schlagring", meinte Frank.

„Ja, das ist komisch. Trotzdem sagt mir mein Bauchgefühl, dass wir ganz nahe dran sind. Es sieht auf jeden Fall so aus, als ob unser Täter aus der Gegend um Dortmund stammt. Aber das hilft uns momentan auch nicht weiter."

Katharina war frustriert. Zwar war der Besuch bei Arno Boos

nicht völlig umsonst gewesen, doch den erhofften Durchbruch hatte die Befragung nicht erbracht.
„Jetzt lass den Kopf nicht hängen und halte mich weiter auf dem Laufenden“, meinte Frank.
„Ja, du hast recht“, sagte Katharina nicht wirklich überzeugt. „Wie geht es Paul heute?“
„Er ist so ein mutiger Junge“, antwortete Frank mit Wärme in der Stimme.
„Er hat das Ganze viel besser verarbeitet, als ich befürchtete. Er humpelt schon im Haus herum und sagt, er freut sich auf das nächste Fußballspiel.“
Katharina lachte.
„Er lässt sich wohl nicht so leicht unterkriegen. Ein richtiger Kämpfer, euer Paul.“
„Ganz der Vater“, erwiderte Frank.
„Das Beste ist aber, dass der Schönheitschirurg, der Pauls Wunden genäht hat, mir fest zusichern konnte, dass man später kaum noch etwas von den Verletzungen sehen wird.“
„Das sind ja wunderbare Nachrichten, Frank. Ich freue mich für euch.“
„Danke Katie. Ich muss jetzt aber los. Mach´s gut.“
Katharina legte den Telefonhörer auf. Frank würde noch einige Tage nicht zur Arbeit kommen, sondern nur telefonisch erreichbar sein.
Sie schaute sich im Büro um. Schockie war schon nach Hause gegangen und auch Hans-Walter, der heute doppelt so viele Stunden wie erlaubt gearbeitet hatte, war auf dem Weg zu seiner Monika.
Katharina seufzte erneut. Sie sollte auch nach Hause fahren und mit Ella eine Runde joggen. Es würde noch vier Stunden hell sein. Sie könnte ein wenig im Garten arbeiten oder sich

einfach mit einem Buch auf die Terrasse setzen und lesen. Sie könnte aber auch Pauls Aussage weiter bearbeiten. Sie verzog den Mund. Dann schweiften ihre Gedanken ab. Sollte sie Bernd anrufen und ihm von Gregors Tod berichten? Nein, entschied sie. Das hatte noch Zeit. Insgeheim musste sie zugeben, dass sie sich vor dem Anruf drückte. Sie war sich ihrer Gefühle für Bernd nicht wirklich sicher, obwohl sein Gesicht, öfter als es ihr lieb war, vor ihrem geistigen Auge auftauchte. Sie dachte an ihre gemeinsame Nacht. Bernd war sehr zärtlich gewesen. Ein einfühlsamer Liebhaber und ein Freund.

Er sah gut aus, war amüsant und ehrlich. Sie hob die linke Augenbraue und machte ein skeptisches Gesicht. Kannte sie Bernd lange genug, um das beurteilen zu können? Die bittere Erfahrung mit Kai hatte sie gelehrt, dass man keinen Menschen wirklich durchschaute. Nichtsdestotrotz vertraute sie Bernd. Zumindest, was das Berufliche anging. Doch war ihr Gefühl für ihn stark genug, um etwas Ernsteres daraus werden zu lassen?

„Ach, keine Ahnung“, sagte sie halblaut und stand auf. „Irgendwann werd ich es schon merken.“

***

Am nächsten Morgen betrat Katharina gegen neun Uhr das Büro. Sie wollte heute den Bericht über die gestrige Befragung anfertigen und endlich Pauls Aussage überarbeiten.

Es war Hans-Walters freier Tag und auch sonst lag nichts weiter an. Vielleicht würde sie einige Überstunden abfeiern. Sie könnte Beate anrufen, die heute einen freien Tag hatte, und mit ihr und Ella am frühen Nachmittag zum Losheimer See fahren. Einfach einige Stunden in der Sonne liegen und nichts

tun. Eine schöne Vorstellung, besonders, da es ein sonniger und sehr warmer Tag zu werden versprach. Sie öffnete die Tür und sah, dass Elmar Schock bereits anwesend war. Er saß vor seinem Laptop und grüßte sie fahrig, als er sie sah.
„Auch dir einen schönen Morgen, Schockie", lachte sie und setzte sich.
„Haha, sehr lustig", antwortete ihr Gegenüber. „Scheint ja gestern sehr anregend gewesen zu sein eure Reise nach NRW. Während ich hier mal wieder sitzen und Telefondienst schieben durfte."
„Nun sei nicht ungerecht", meinte Katharina. „Dir war gestern nicht nach einer langen Autofahrt und du hast dich nicht beschwert, als wir dich gebeten haben hier zu bleiben."
Für einen kurzen Augenblick kniff Elmar die Augen zusammen. Er hatte anscheinend seine gestrige Reaktion auf die Obduktion verdrängt und nun fiel es ihm wieder ein.
„Ähm, das war nur vorübergehend. Gleich nachdem ihr weg wart, ging es mir schon wieder richtig gut. Ihr hattet euren Spaß. Und ich?"
„Nun komm schon, Schockie. Sei nicht so nachtragend. Du darfst mir dafür auch jede Kleinigkeit von der Obduktion erzählen."
Schock wechselte die Farbe.
„Hast du gestern etwa keinen Anruf von Basten bekommen? Oh Mann, er hatte es mir fest versprochen."
„Doch, er rief an während wir noch auf dem Weg nach Datteln waren. Aber ich dachte, du wolltest vielleicht selbst ..."
„Dann weißt du ja bereits alles und ich muss nicht auch noch meinen Senf dazu geben." Schock war sichtlich angepickt. Dann wechselte er das Thema.
„Ach übrigens. Gestern rief dieser Kneipenwirt an. Du weißt

schon, der aus der Kneipe in der Klaus Werbold entführt wurde."

„Und?", Katharina hob interessiert den Kopf.

„Na dieser Michael Vallendar, der vielleicht das Entführerauto gesehen haben könnte. Der ist wieder zurück von seinem Selbstfindungstripp. Besser gesagt, er hat sich gestern bei dem Wirt gemeldet und ihm gesagt, er wäre ab heute wieder in der Stadt. Ich wollte jetzt gleich mal zu ihm fahren."

„Darf ich mit? Bitte, Schockie?", Katharina schaute ihn mit großen Augen an.

Ein Grinsen schlich sich auf sein Gesicht.

„Nun tu nicht so, als dürfte ich das entscheiden, wo du doch hier die Rangälteste bist. Also los, lass uns fahren."

Kapitel 16

Ich fass et nich. So ´n dreckiges Luder hat et doch tatsächlich widda geschafft, mein Mädchen feddich zu machen. Aber diesmal werd ich ordentlich wat unternehmen. Diesmal wird dat Miststück dafür bluten ...

Als ob de Kleine beim letzten Mal nich schon genuch gelitten hätt. Nach dem Brand, da war se fix und feddich. Machte sich selbst schon genuch Vorwürfe. Da brauchte se nich noch so ne alte Schachtel, die Salz in de Wunden streut. Aber dat hat se ja gern gemacht, dat Dreckstück. Is halt ihr Charakter.

Aber nich mehr lange. Als ob mein Mädchen wat für dat Unglück gekonnt hätt. Dat war einfach ne Verkettung von unglücklichen Zufällen. Sonst nix. Schließlich war dat damals die Party des Jahres. War doch klar, dat se hin wollte, de Kleine. Hatte se ja auch schon lang im Voraus gesacht. Un dann kommt kurz vorher ihr alter Herr und schmeißt alles über ´n Haufen, weil er mit Mudda zu nem wichtigen Geschäftsessen muss. Un kein Babysitter weit un breit. Klar, die wollten ja selber alle aufe Party. Also musste de Kleine zu Hause bleiben und aufe Martina aufpassen. Hat se ja auch sonst imma gemacht, se is halt en gutes Kind. Aber grad an dem Abend. Mann, die war ganz schön geladen! Vor allem, weil se nich einsah, warum Martina überhaupt nen Babysitter brauchte. Schließlich war se schon acht. Aber ihr Vadda ließ sich nich umstimmen. Also musste se heimlich verschwinden. Hat gewartet bis de Martina gepooft hat und is dann los zur Fete. Se wollt auch gar nich lang bleiben. Aber et war so super un außerdem war

Peter auch da. Auf den stand se damals voll. Wer hätt denn damit rechnen können, dat de Martina wach wird und sich ne Kerze anzündet. Dann muss Martina widda eingeschlafen sein. Un als mein Mädchen heim kam, war et schon zu spät. Se hat noch probiert ins Haus zu kommen, aber sich dabei nur die Arme verbrannt. Auch de Feuerwehr hat et nich geschafft, de Martina rauszuholen, obwohl se so geschrien hat. Dat war schlimm, dat Schreien. Und noch schlimmer war, wie et dann plötzlich aufgehört hat. Ihr Alter hat mein Mädchen nur angeglotzt, wie se da stand in ihren Partyklamotten.

Kein Wort hat er zu ihr gesacht. Aber dat war auch nich nötich. Se hat auch so gewusst, wat er von ihr hält. Ihre Mudda hat nen Nervenzusammenbruch gehabt und musste ins Krankenhaus. Die Zeit nach dem Unglück war dat reinste Chaos. Befragung durch de Polizei, Beerdigung, neue Wohnung suchen – dat Haus war Totalschaden – und de Mudda imma noch nich auf ′m Damm, Versicherung un un un. Da hat keiner gemerkt, wat mit meiner Kleinen los war. Dat se nich mehr geschlafen hat, nix mehr essen konnt, nur noch apathisch rumsaß. Se hatte innerlich abgeschaltet. War schon fast zu spät, als ihre Mudda endlich mitkrichte, wat los war. Ihrem Vadda war et ja eh egal. Also kam se in de Psychiatrie. Gleich in de Geschlossene. Suizidgefahr hieß et. Un ausgerechnet da in der Klinik muss so ne Hexe arbeiten. Für de Eltern hat dat Miststück de fürsorgliche Schwester raushängen lassen, aber mit meiner Kleinen isse ganz anders umgesprungen. Hat se gepiesackt und ihr schlimme Sachen eingeredet. Se sollte sich nich so anstellen. Schließlich wär se ja selba schuld an dem, wat passiert wär. Se wär ja so selbstsüchtich. Hätt ja unbedingt aufe Party gehen müssen. Se wär ganz allein schuld am Tod von Martina und se sollte sich endlich mal zusammenreißen und an ihre

Eltern denken. Et wär für die ja schon schwer genuch, dat se um ihr liebes Kind trauern müssten. Und nun hätten de Eltern auch noch Probleme in der Ehe und wenn die sich scheiden lassen würden, dann wär dat auch ihre Schuld. Dat Miststück mit den roten Haaren, dieser Feuerkopp, hat mein Mädchen feddich gemacht wo se nur konnte. Schließlich war die Kleine echt fast soweit, sich wat anzutun.

Se hat dem Feuerkopp alles geglaubt. Hat sich schuldich gefühlt. Se konnt sich nich mehr selba helfen. Konnte sich nich verteidigen. Da hat se jemanden gebraucht, der für se einsteht, der se verteidicht und der für se kämpft. Damals war ich selber noch en kleiner Scheißer. Wusst noch nich, wie man die Sache richtich anpackt. Dat, wat ich mir für den Feuerkopp ausgedacht hab, war dann auch noch ziemlich kindisch. Hab Tabletten vertauscht, die der Feuerkopp gerichtet hatte. Hab Akten verschwinden lassen, für die die Hexe zuständich war, und so ´n Zeug. Gab ziemlichen Knatsch, weil en paar von den Beknackten da drin mit den falschen Tabletten total ausgerastet sin. Et hat auf jeden Fall ausgereicht, dat dat rote Miststück auf ne andere Station versetzt worden is. Danach ging et der Kleinen schnell besser. Als se aber endlich widda nach Hause konnte, war der Alte ausgezogen. Wollte nix mehr mit ihnen zu tun haben. Trennung, Scheidung.

Der ganze Kram halt. Ihre Mudda war am Boden zerstört und se musste sich um die kümmern, obwohl de Kleine ja selber noch nicht voll auf ´m Damm war. Se hat et trotzdem geschafft. Hat nen ordentlichen Schulabschluss hingelecht und ne Lehre angefangen als Zahntechnikerin. Kurz drauf hab ich mir dann meine Süße zugelecht und die kam auch schon bald zum Einsatz. Bei der Knalltüte Arno konnte se dat erste Mal zeigen, wat se drauf hat. Der bekam sein Fett dafür wech, dat er meinte, mein Mädchen so mies behandeln zu können. Bei dem hatt ich schon härtere Bandagen an. Sah ziemlich alt aus der Pisser, als ich mit dem feddich war. Warum ich den damals allerdings verarztet hab, weiß ich heut gar nich mehr so genau. Wollte wohl nich, dat er hops geht. So weit war ich damals noch nich.

Jedenfalls is irgendwann die Oma von der Kleinen krank geworden und kam nich mehr allein zurecht. Deshalb ham se ihre Zelte abgebrochen und die Kleine is mit ihrer Mudda zur Oma innen Hunsrück gezogen. Auf nen alten Bauernhof am Arsch der Welt. Hat der Kleinen einerseits echt gestunken. Andererseits war et vielleicht genau dat Richtige für se, um mit sich ins Reine zu kommen. Jedenfalls konnte se ihre Lehre da zu Ende machen. Fand se auch super, bis ihr Chef meinte, er müsste ihr an die Wäsche gehen. Dat Schwein. Dat hätte der sich besser zweimal überlegen sollen.

Hab en bisschen an den Bremsen von dem seinem Mercedes rumgedoktert.

Dachte, et wär ne gute Warnung für den, wenn er sich mal ordentlich zerlecht un für 'n paar Wochen ins Krankenhaus muss. Dat er sich de Ohren dabei abfährt un dabei draufgeht, war so nich geplant. Verdient hat er dat aber auf jeden Fall. Mein Mädchen war nämlich nich die Erste, bei der er de Finger nich bei sich behalten konnte. Jedenfalls wusst ich danach, dat ich noch ganz anders kann und dat hat sich richtich gut angefühlt. Zusammen mit meiner Süßen war ich ab da Zerberus. Der Höllenhund, an dem keiner vorbeikommt, der meinem Mädchen wat Böses will. Da wusst ich, wat meine Aufgabe im Leben is und dat hat sich bis heute nich geändert.

Nach der Sache mit ihrem Chef war et aber erst mal ne ganze Zeit lang ruhich. Da hat se mich nich gebraucht und dat war

auch ganz in Ordnung. Et ging ihr gut und da war ich auch mit zufrieden. Se war so glücklich als se so ´n Fotowettbewerb gewonnen hat. Durfte dann bei der Zeitung arbeiten. Als Nebenjob. War für se ne ganz große Sache. Erst als se diesen Psychopathen geheiratet hatte, war et für mich widda mal Zeit einzugreifen. Seitdem pass ich widda auf se auf. Un jetzt bin ich auf ´m Weg zu dem roten Miststück. Als ob dat damals in der Klinik nich schon genuch gewesen wär.
Nö. Da muss schon widda so ´n Feuerkopp daherkommen und sich über mein Mädchen lustich machen. Hat se wie ne Spinnerin hingestellt. Hat se lächerlich gemacht. Aber diesmal isse dran. Diesmal kriegt se die volle Packung.
Bin gleich da. Ich freu mich schon richtich auf ihr blödes Gesicht. Die wird Augen machen. Und meine Süße kriegt auch ihren Spaß. Diesmal mach ich Ernst. Da wird von dem Feuerkopp nich mehr viel übrich sein, wenn ich mit der feddich bin. Mist! Dat blöde Benzin. Daran hat ich nich gedacht. Dat hier is zu wenich, um damit bis zum Haus zu kommen. Dann nehm ich halt dat Auto von dem Feuerkopp. Die braucht et ja bald eh nich mehr. Die braucht bald überhaupt nix mehr …

Kapitel 17

Als sie vor dem Haus hielten, in dem Michael Vallendar wohnte, war es kurz vor zehn. Katharina musste über sich selbst lächeln. Sie hatte ein verwunschenes altes Häuschen erwartet. Von Efeu überwuchert, mit blinden Fenstern und einem verwilderten Garten davor. Eben so, wie man sich das Domizil eines ewigen Studenten vorstellte. Von jemandem, der gerade eine Zeit lang auf einem Selbstfindungstripp gewesen war. Einem Philosphen und Einsiedler eben.
Was sie im Gegenteil nun zu sehen bekamen, war der moderne Neubau eines Einfamilienhauses mit einem offensichtlich von Fachleuten geschmackvoll angelegten großzügigen Garten. Das Grundstück wurde von einem teuer aussehenden Elementzaun und einer zwar noch nicht sehr hohen, aber penibel gestutzten Kirschlorbeerhecke eingefasst.
„Edles Teil", meinte Elmar Schock anerkennend, „der Kleine wohnt wohl noch bei Mami."
„Das dachte ich von dir auch", antwortete Katharina grinsend und erntete dafür einen beleidigten Blick des jungen Kollegen. Immer noch lachend betätigte sie den Klingelknopf am Eingangstor. Kurze Zeit später verriet ein Summen, dass der Türöffner betätigt worden war und Katharina drückte das Tor auf. Gleichzeitig öffnete sich die Haustür und ein Mann in Shorts und schlabbrigem T-Shirt kam ihnen entgegen.
„Hallo. Sie müssen die Leute von der Polizei sein, die mir einige Fragen stellen wollen."
Michael Vallendar war groß und muskulös. Auch dieses Bild

entsprach nicht im Geringsten dem Klischee des ewigen Studenten, den man sich eher als kleines, schmalbrüstiges Männlein vorstellen würde. Katharina griff, ebenso wie Elmar Schock, nach ihrem Dienstausweis und sie stellten sich vor. Vallendar schüttelte ihnen die Hand mit kräftigem Druck und bat sie ins Haus. Auch im Inneren des Gebäudes spürte man, dass Geld hier keine große Rolle gespielt haben konnte. Das Wohnzimmer, in das sie ihr Gastgeber führte, war geräumig und modern eingerichtet. In einer Ecke des Raumes bemerkte Katharina eine Vitrine mit Buddhafiguren und verschiedenen anderen Gegenständen, die auf das Studium des Mannes und seine Einstellung zum Leben hinwiesen. Sie nahmen Platz und Michael Vallendar bot ihnen Kaffee an. Er verschwand in die Küche und sie hörten kurz darauf die typischen Geräusche eines Kaffeevollautomten. Als er das Wohnzimmer wieder betrat, balancierte er ein Tablett mit drei Tassen und stellte diese auf den gläsernen Tisch zwischen ihnen. Nachdem er noch ein Milchkännchen sowie ein Schälchen mit Würfelzucker und eines mit Gebäck dazugestellt hatte, setzte er sich ebenfalls. Während sich alle drei mit ihren Kaffetassen beschäftigten, musterte Katharina unauffällig ihr Gegenüber. Sie schätzte den Mann auf zwischen dreißig und vierzig. Er hatte ein glatt rasiertes, gut geschnittenes Gesicht mit grauen, hellwachen Augen, einer geraden Nase und vollen Lippen. Sein Haar war mitnichten lang und grau, sondern schwarz und sehr kurz geschnitten, was den athletischen Eindruck des Mannes unterstrich.

„Als alle einen Schluck Kaffee genommen hatten, lehnte sich Vallendar zurück und sah Katharina auffordernd an.

Sie räusperte sich. Diese Befragung war Schockies Sache. Sie war nur als Begleitung mitgekommen und wollte ihrem

Kollegen nicht zuvorkommen. Der reagierte aber prompt und begann.

„Herr Valendar, erst einmal herzlichen Dank, dass Sie uns helfen möchten."

„Menschen müssen sich gegenseitig helfen. Dies macht unsere Menschlichkeit aus, nicht?", erwiderte Vallendar und lächelte. Seine Zähne waren schief und eine breite Zahnlücke zwischen den Schneidezähnen passten so gar nicht zum Rest seiner Erscheinung.

„Das stimmt wohl", gab Schockie ihm recht und nickte.

„Wir möchten mit Ihnen über den Abend des 17. Juni sprechen. Es war ein Freitag und sie haben in der Kneipe gearbeitet, wie mir Ihr Chef bestätigte."

Michael Vallendar wiegte den Kopf hin und her.

„Wenn Willi das sagt, dann wird es auch so sein. Was wollen Sie denn über den Abend wissen?"

„Haben Sie an diesem Abend eine Frau aus der Kneipe kommen sehen?"

Vallender zog die Stirn kraus.

„Dort sind immer viele Frauen, wenn Sie wissen, was ich meine. Das ist der Preis, den diese Gesellschaft für ihre Dekadenz zahlt. Einige wenige müssen tiefer in die Tasche greifen als andere, wenn Sie verstehen."

Schockie nickte fahrig. Katharina bekam eine Ahnung davon, was Frau Schmied angedeutet hatte. Vallendar konnte wohl nichts von sich geben, ohne seine philosophische Betrachtungsweise der Dinge mit in das Gespräch einfließen zu lassen. Auf Dauer war das sicher sehr nervig.

Schock drang weiter vor. „Wir meinen eine bestimmte Frau, wie Sie sich denken könne, Herr Vallendar. Sie hatte einen Mann dabei."

„Auch das ist in dieser Kneipe keine Seltenheit, wie Sie sich denken können. Nur um mir die unterschiedlichen Lebenswelten der Menschen vor Augen zu führen, arbeite ich dort. Man sollte nie vergessen, dass es noch anderes gibt als die eigene Selbstverständlichkeit. Meinen Sie nicht auch?"

„Nun, natürlich." Schock wurde nervös und ärgerlich. Er wollte endlich eine Antwort, die sie weiterbringen würde und keine Allgemeinplätze.

„Diese Frau musste den Mann ans Auto schleppen. Er schien völlig betrunken zu sein. Erinnern Sie sich an so eine Frau?"

„Auch wenn ich solche Bilder des Öfteren zu sehen bekomme, erinnere ich mich, glaube ich, an die Frau. Ich war so gegen Mitternacht rausgegangen, um die Mülltüten zum Container zu bringen. Hatte sie schwarzes Haar?"

Schockie riss interessiert die Augen auf.

„Ja, was ist Ihnen noch aufgefallen?"

„Sie trug eine Sonnenbrille. Das fand ich nicht sonderlich hilfreich um diese Uhrzeit. Sie war nicht besonders groß und musste sich ordentlich anstrengen, um den Typen zu ihrem Wagen zu bekommen. Da sie aber schon fast am Auto war, habe ich davon abgesehen, ihr meine Hilfe anzubieten. Ich habe die Mülltüten entsorgt und bin dann wieder hineingegangen."

„Konnten Sie sich die Autonummer merken oder zumindest den Autotyp erkennen?"

Katharina hielt die Luft an. Jetzt! Wenn Vallendar darauf geachtet hatte, könnten sie in ihren Ermittlungen ein gutes Stück weiterkommen.

Wieder zog Vallendar die Stirn kraus.

„Es war ein kastiges Auto, dunkel. Ich denke braun oder blau. Lassen Sie mich überlegen. Ich habe ihr noch nachgesehen, als sie weggefahren ist."

Schockie trommelte mit den Fingerspitzen auf die Sessellehne. Katharina schaute ihn strafend an. Nur keinen Druck auf den Zeugen ausüben. Ihr Kollege deutete ihren Blick richtig und hörte sofort damit auf.

„Es war ein Caddy. Ein VW Caddy. Hilft Ihnen das weiter? Und er war, glaube ich, braun oder blau. Aber ich kann das nicht mit Sicherheit sagen."

„Natürlich hilft uns das. Aber denken Sie bitte nach. Ist Ihnen noch etwas anderes aufgefallen? Konnten Sie das Kennzeichen erkennen?"

Vallendar verzog den Mund.

„Darauf habe ich, ehrlich gesagt, nicht geachtet. Tut mir leid."

Schockie machte ein enttäuschtes Gesicht, aber Katharina war zufrieden. Zumindest hatten sie nun einen weiteren Anhaltspunkt, von dem aus sie weiter ermitteln konnten. Sie bedankten sich bei Michael Vallendar. Schock gab ihm seine Karte mit der Bitte, sich zu melden, falls ihm noch etwas einfallen sollte.

Danach fuhren sie zurück ins Büro und Katharina unterrichtete Frank von den Neuigkeiten.

„Nun ja, es gibt jede Menge dieser Autos", meinte er, „Vera hat ja auch einen. Allerdings einen grauen."

„Stimmt. Das hatte ich ganz vergessen", erwiderte Katharina. „Aber es ist zumindest eine Möglichkeit, das Netz enger zu ziehen. Schockie und ich werden auf jeden Fall schon einmal alle in Trier zugelassenen Caddys überprüfen. Dann sehen wir weiter."

„Ohne Kennzeichen tappen wir allerdings im Dunkeln. Da könnte uns nur der Zufall helfen." Frank klang frustriert.

„Man darf die Hoffnung nicht aufgeben. Wir versuchen es. Wie geht es Paul?"

„Schon besser. Ich denke, dass ich morgen wieder zur Arbeit kommen kann. Heike hat sich noch eine Woche Urlaub genommen. Den Sommerurlaub haben wir natürlich stornieren müssen."

„Oh, das tut mir leid. Ihr hattet euch so darauf gefreut."

„Aufgeschoben ist nicht aufgehoben. Wir holen das nach, sobald Paul wieder ganz gesund ist. Bist du mit dem Bericht über seine Aussage fertig?"

Katharina bekam sofort ein schlechtes Gewissen.

„So gut wie", versicherte sie ihrem Chef und nahm sich vor, gleich nach dem Gespräch damit zu beginnen.

„Ach, das hätte ich fast vergessen", sagte Frank hastig, „Paul ist noch etwas eingefallen. Aber es macht keinen wirklichen Sinn und Paul hat überhaupt nicht verstanden, was der Kerl ihm damit sagen wollte. Der Entführer sagte irgendetwas von Feuer. Feuerklotz oder Feuerknopf, Feuerkopp oder so.

Und dass der jetzt als Nächstes dran wäre. Ich habe auch keine Ahnung, was das bedeuten soll. Nimm es trotzdem mal in den Bericht mit auf. Ich schaue mir Morgen alles an. Vielleicht fällt uns ja gemeinsam etwas dazu ein. Bis dann." Frank legte auf.

Katharina setzte sich an ihren Schreibtisch. „Schockie, würdest du bitte die Caddys in Trier und Umgebung überprüfen. Ich muss unbedingt erst einmal den Bericht über Pauls Aussage fertig schreiben."

„Das hatte ich doch sowieso vor, Frau Kollegin", meinte Schock grinsend und schaute wieder auf den Bildschirm seines Computers.

Katharina widmete sich der Aussage und las schweigend, was sie bisher geschrieben hatte. Der arme Junge. Welche Angst er ausgestanden haben musste. Katharina runzelte die Stirn und ballte unbewusst die Hände zu Fäusten. Welches Monster verbarg sich hinter dem Angriff auf ein wehrloses Kind? Wer tat so etwas? Kopfschüttelnd wandte sie sich erneut der Aussage zu. Plötzlich stutzte sie und las die Notizen noch einmal durch. Ein Klicken? Paul hatte ein Klicken gehört, bevor der Hund zu knurren begann. Was mochte das gewesen sein? Grübelnd rieb sich Katharina über die Wangen. Hatte Paul vielleicht das Klicken des Karabiners beim Ableinen des Tieres gehört? Nein, das wäre sicherlich nicht laut genug gewesen. Eine Türklinke? Das käme schon eher in Betracht. Der Täter könnte den Hund aus einem Nachbarraum geholt haben, bevor er ihn auf das Kind hetzte. Katharina schaute nochmals die Aussage durch. Paul hatte nichts darüber gesagt, dass der Mann den Hund in irgendeiner Weise zum Angriff aufgefordert hätte. Kein „Fass ihn!“ oder „Jetzt!“ oder etwas in der Art. Nur dieses Klicken. Katharina stülpte die Unterlippe vor und dachte nach. Plötzlich riss sie die Augen auf. Ein Klicker! Na, klar! Der Hund war wahrscheinlich über ein Klickertraining abgerichtet worden. Katharina wusste, dass bei dieser Art der Ausbildung erwünschte Verhaltensweisen mittels eines akustischen Signals, nämlich eines Klicklautes, verstärkt wurden. Der Laut wurde anfangs mit einer Belohnung, zum Beispiel einem Leckerchen, verknüpft, später reagierten die Hunde dann auch allein auf das Geräusch. Wenn dem so war, bedurfte er keines weiteren Kommandos mehr, damit das Tier jemanden anfiel, wenn es darauf konditioniert worden war. Katharinas Herz klopfte schneller. Konnte sie diese Erkenntnis in irgendeiner Weise zur Lösung des Falles nutzen? Hundeschulen abklappern? Nein, das würde nichts bringen. Es gab genügend Literatur über die unterschiedlichsten Trainingsmethoden für Hunde. Sie selbst besaß einige Bücher über die Ausbildung von Border Collies. Der Täter hätte also keine Hundeschule gebraucht, um sein

Ziel zu erreichen. Wenn Katharina recht hatte, dann besaß er mit einem durch Klickertraining gut ausgebildeten Hund eine Waffe, deren Gefährlichkeit man in anderen Situationen noch nicht einmal ahnen konnte. Ein frustriertes Zischen kam ihr über die Lippen und Elmar Schock schaute fragend auf. Mit einer Handbewegung signalisierte sie ihm, dass alles in Ordnung war und er schaute wieder auf den Bildschirm. Katharina arbeitete weiter an ihrem Bericht und fügte auch Pauls Hinweis auf die Aussage des Täters zu dem Feuerklotz, -kopp oder topf oder was auch immer ein. Was hatte er nur damit gemeint?

Das Telefon auf Schocks Schreibtisch klingelte. Er nahm ab und warf Katharina nach einigen Sekunden einen alarmierten Blick zu.

„Oh, hallo Herr Vallendar. Ja am Apparat. Ihnen ist noch etwas eingefallen? Prima. Dann lassen Sie doch mal hören! Aha, das ist sehr interessant. Und Sie sind sich ganz sicher? Rechts oder links? Sehr gut. Vielen Dank. Ja, es könnte uns weiterhelfen. Nochmals Danke." Er legte auf.

„Nun sag schon!" Katharina platzte fast vor Neugierde.

„Unserem Philosphen ist nachträglich eingefallen, dass das rechte Rücklicht des Wagens nicht funktioniert hat und er meinte, auch das Glas wäre kaputt gewesen beziehungsweise es war gar nicht mehr vorhanden."

Das Bild eines defekten Rücklichtes blitzte in Katharina Gedanken auf. An welchem Wagen hatte sie eines gesehen? Es konnte noch nicht lange her sein.

„Dann weiß ich auch schon, womit wir unseren Nachmittag verbringen werden, sobald du alle Kennzeichen und Adressen ausgedruckt hast", meinte sie leicht abgelenkt.

„Ich war noch nicht ganz fertig." Schock grinste.

„Unser Herr Vallendar ist sich jetzt ganz sicher, dass der Caddy nicht blau, sondern dunkelgrau war. Damit kann ich die Schar der Caddys, die es hier gibt, nicht unerheblich weiter eingrenzen.

Er schaute Katharina triumphierend an, doch sein Blick wurde gleich darauf unsicher.

„He, Katie, was ist denn los? Du siehst aus, als ob du einen Geist gesehen hättest."

Katharina war blass geworden. Sie starrte ihren Kollegen mit großen Augen an.

„Hat Vallendar etwas von einem Aufkleber gesagt?"

Elmar Schock nickte erstaunt. „Stimmt. Ein Fisch. So ein Zeichen für die evangelische Kirche. Direkt neben dem kaputten Rücklicht, sagte er. Woher weißt du das?"

Katharina fuhr sich sich mit beiden Händen über das Gesicht und griff nach dem Telefonhörer. Ohne Elmar Schock eine Antwort zu geben, wählte sie eine Nummer und wartete.

Als niemand abhob, unterbrach sie die Verbindung.

„Sie geht nicht ran", sagte sie tonlos.

„Wer geht nicht ran? Wen meinst du?" Elmar Schock war aufgestanden und zu ihr getreten.

Statt einer Antwort, wählte Katharina erneut und wartete. Nichts. Sie legte auf.

„Katie? Wen meinst du? Was ist denn los?"

Plötzlich kam Leben in Katharina. Hastig sprang sie auf und griff nach den Autoschlüsseln, die vor ihr auf dem Schreibtisch lagen.

„Verdammt! Es ist Vera. Wir müssen Frank verständigen. Wir fahren zu Beate. Sie ist die Nächste. Sie ist der Feuerkopp, verstehst du? Der Caddy ...

Das ist Veras Auto. Sie steckt hinter all dem."

Kapitel 18

Beate hatte sich vom Erbe ihrer verstorbenen Mutter eine schöne Einliegerwohnung auf dem Petrisberg in Trier, eine der besten Wohngegenden der Stadt, leisten können. Auf der Fahrt dorthin, die trotz eingeschaltetem Blaulicht mehrmals durch geistlose Autofahrer aufgehalten wurde, telefonierte Katharina mit Frank und unterrichtete ihn von ihrer ungeheuerlichen Entdeckung. Verständlicherweise war Frank zuerst wie vor den Kopf geschlagen und wollte einfach nicht glauben, was sie ihm hastig berichtete. Doch auch er erinnerte sich an das fehlende Rücklichtglas und den Fischaufkleber auf Veras Auto. Seine Stimme nahm einen harten Klang an, als er Katharina um Beates Adresse bat. Dann machte er sich ebenfalls auf den Weg. Elmar Schock fluchte laut als er versuchte, auf der schmalen Zufahrtstraße zum Petrisberg den Touristenbus der Stadt zu überholen. Es stellte sich als unmöglich heraus und so waren sie gezwungen, hinter dem roten Doppeldecker, auf dessen offenem Oberdeck Urlauber interessiert nach links und rechts schauten und dabei den Ausführungen aus ihren Kopfhörern lauschten, herzuzockeln. Katharina hatte das Gefühl, keine Luft mehr zu bekommen. Ihre Gedanken rasten. Was konnte Vera zu diesen Taten veranlasst haben? Woher kannte sie Klaus Werbold und warum hatte sie Paul entführt? Letzteres vielleicht aus Rache an Frank. Das wäre eine mögliche Erklärung, okay. Aber warum Werbold und was hatte sie mit Arno Boos zu tun? Die Beschreibung der gesuchten Frau passte von Größe und Statur zu ihr, aber das Haar?

Sie musste eine Perücke getragen haben. Aber was war mit dem Mann? Wer war ihr Komplize? Katharina schlug ungeduldig auf das Armaturenbrett. „Nun mach schon!“, zischte sie den Bus an. Endlich konnte der Busfahrer ein Stück zur Seite ausweichen und Elmar Schock überholte in einem halsbrecherischen Tempo. Wenige Minuten später hielt er vor dem Haus, in dem Beate wohnte.

„Ihr Auto ist nicht da“, stellte Katharina fest und öffnete mit Schwung die Wagentür. Dann lief sie zum Eingang des Hauses und drückte mehrmals hektisch die Klingel. Als keine Reaktion folgte, zog sie ihr Handy aus der Tasche und wählte, wie bereits während der Fahrt, zum gefühlt hundertsten Mal Beates Nummer. Beate nahm nicht ab. Elmar, der Katharina gefolgt war, drückte mit der flachen Hand alle Klingeln auf einmal. Nach wenigen Augenblicken meldete sich jemand über die Sprechanlage und öffnete ihnen auch sofort die Tür. Das Martinshorn und ihr Ankommen waren nicht unbemerkt geblieben. Sie hasteten die Treppe in den ersten Stock hinauf. Katharina blieb vor Beates Wohnungstür stehen. Diese schien unbeschädigt und war geschlossen. Aus der Wohnung drang kein Laut. Vielleicht waren sie ja noch nicht zur spät gekommen. Katharina schickte ein Stoßgebet zum Himmel und machte Schock ein Zeichen. Beide zogen ihre Dienstwaffe. In diesem Augenblick wurde die Tür der Wohnung auf der anderen Seite des Flures geöffnet und ein älterer Mann mit weißen, kurzen Haaren steckte den Kopf heraus. Katharina machte ihm ein Zeichen und schnell verschwand der Kopf und die Tür wurde wieder geschlossen. Katharina wusste, dass sie eigentlich auf Frank oder zumindest den Dauerdienst warten mussten, den sie natürlich ebenfalls sofort informiert hatten. Doch hier war eindeutig Gefahr im Verzug und Beate würde ihr sicherlich eine demolierte Tür, im Gegenzug für ihr Leben, verzeihen. Also gab sie Schock ihr Okay. Er trat zurück, nahm Anlauf und trat mit voller Wucht und geübtem Schwung gegen das Türblatt. Obwohl es in Filmen immer so leicht aussah, eine Tür mit Gewalt zu öffnen, wusste Katharina natürlich, dass es in Wirklichkeit ordentlich danebengehen konnte und nicht selten zu einem gebrochenen Knöchel führte, wenn man es nicht richtig machte. Doch Schockie hatte in der Polizeischule gut aufgepasst und die Tür schwang, nach einem Splittern des Furniers in Schlosshöhe, auf und donnerte gegen die Wand. Sie durchkämmten die Wohnung mit vorgehaltener Waffe, doch es war niemand da. Katharina ließ die Pistole sinken, sicherte sie und steckte sie zurück in das Holster. Schock tat es ihr nach. Dann sahen sie alle Zimmer noch einmal durch. Es waren keine Kampfspuren oder etwas anderes Verdächtiges zu entdecken. Es sah so aus, als habe Beate die Wohnung aus freien Stücken verlassen.

„Vielleicht ist sie nur einkaufen gegangen“, meinte Schock zaghaft und schaute zerknirscht zu der offenen Wohnungstür hinüber, die er auf dem Gewissen hatte. Katharina biss sich auf die Unterlippe. Hatte sie sich getäuscht? War Beate an ihrem freien Tag einfach ein wenig in die Stadt gefahren, um zu shoppen? Hatte Vera überhaupt nichts mit den Verbrechen zu tun und sie, Katharina, hatte alles missverstanden und einfach überreagiert? In diesem Moment betrat Frank die Wohnung.

„Katie? Was ist hier los? Habt ihr Beate gefunden?“

„Tut mir leid. Das mit der Tür. Aber wir dachten ...“, begann Elmar Schock statt ihrer zu erklären.

Katharina gab Frank keine Antwort. Stattdessen trat sie ans Fenster und blickte hinunter auf die Straße. Sie sah vor dem Haus den Streifenwagen des Dauerdienstes mit eingeschaltetem Blaulicht und Franks Volvo stehen. Ihr Blick schweifte nach links, wo weitere Parkplätze für die Anwohner hinter einer kleinen Hecke angelegt worden waren.

„Katie?“, hörte sie Franks fragende Stimme, doch sie reagierte nicht auf ihn. Sie hatte etwas gesehen, als sie ins Haus rannten, doch es war ihr eben nicht klar gewesen, was es war. Nun suchte sie.

Was eigentlich? Sie wusste es selbst nicht. Ihr Blick wanderte weiter die Häuserzeile entlang und blieb an einem Haus in dunklem Weinrot hängen. Das Grundstück wurde rechts und links von einer mannshohen hellen Sandsteinmauer eingefasst. Neben der rechten Mauer befand sich der Parkplatz und sie konnte die Nase eines Wagens erkennen, der rückwärts eingeparkt worden war. Es handelte sich um einen dunkelgrauen Wagen.

Ruckartig drehte sie sich um.

„Da drüben steht der Caddy! Los!“

Mit diesen Worten rannte sie aus der Wohnung und eilte, dicht gefolgt von Frank und Elmar Schock, die Treppe hinunter auf die Straße. Dort zeigte sie auf das Auto und sie pirschten sich an. Womöglich hatte Vera Beate dazu gezwungen, einzusteigen und beide waren noch im Wagen. Sie mussten vorsichtig sein. Kurze Zeit später erkannten sie allerdings, dass das Auto leer war. Der Caddy war noch nicht einmal abgeschlossen.

„Warum hat sie ihren Wagen hier stehen lassen?“, fragte sich Elmar Schock halblaut.

„Und wo ist sie jetzt?“, ergänzte Frank.

„Warum sie ihr Auto hat stehenlassen, ist zweitrangig“, meinte Katharina an Elmar Schock gewandt. Dann drehte sie sich zu Frank Saalmann um.

„Denk nach, Frank! Wo könnte sie Beate hingebracht haben?

Hat sie dir von einem Ort erzählt, den sie manchmal aufsucht? Eine Garage oder ein Gartenhäuschen? Irgendetwas?"
Frank rieb sich die Stirn. Dann hellte sich sein Blick auf.
„Warte! Sie hat mir einmal etwas über das Haus ihrer Oma erzählt. Muss hier irgendwo im Hunsrück sein. Vera ist damals mit ihrer Mutter von ...
Oh mein Gott." Frank war blass geworden.
„Was ist?", fragte Katharina besorgt.
„Ich hätte viel früher die Zusammenhänge erkennen müssen", antwortete Frank, der sich wieder gefasst hatte.
„Vera stammt aus Nordrhein Westfalen. Nach der Scheidung der Eltern ist sie mit ihrer Mutter zu deren Mutter in den Hunsrück gezogen. Da muss Vera so siebzehn oder achtzehn gewesen sein. Es könnte also tatsächlich Vera gewesen sein, die Arno Boos damals überfiel. Und wer weiß, was sie noch alles auf dem Kerbholz hat."
„Okay, darum kümmern wir uns später. Wo ist das Haus der Oma? Hat sie dir das erzählt?", fragte Katharina. Frank schüttelte den Kopf.
„Wer könnte wissen, wo dieses Haus ist? Gibt es noch andere Verwandte?", warf Elmar Schock ein.
Katharina strahlte ihn an und gab ihm einen Kuss auf die Wange.
„Danke, Schockie. Du hast mich da auf eine Idee gebracht."
Katharina fuhr fort. „Veras Mutter ist in einem Altersheim in Trier. Beate hat mir davon erzählt. Wie hieß die Mutter noch gleich mit Nachnahmen? Fusenig, ja Fusenig. Ich rufe direkt dort an. Hoffentlich klappt es."
Sie zückte ihr Handy und wählte die Nummer der Auskunft. Frank und Elmar Schock nutzten die Zeit, um die Kollegen vom Dauerdienst über die momentane Situation zu informie-

ren und die Spurensicherung anzufordern.

Nur wenige Minuten später kam Katharina zu ihnen herüber und zeigte zum Wagen.

„Es geht los! Ich habe die Adresse. Das Haus ist in der Nähe von Morbach. Steht schon seit Jahren leer."

„Sollen wir einen Hubschrauber anfordern?", fragte Elmar Schock mit leuchtenden Augen.

Frank schüttelte den Kopf.

„Wir könnten Vera allein durch das Geräusch der Rotoren, das man ja schon von weitem hören kann, aufschrecken. Sie hat sich mit Klaus Werbold viel Zeit gelassen und wir sollten hoffen, dass es bei Beate genauso ist. Wir sollten sie auf keinen Fall beunruhigen. Sie darf überhaupt nicht merken, dass wir in der Nähe sind. Wir fahren!"

Katharina wiederholte die Adresse für die Kollegen des Dauerdienstes, damit sie diese notieren konnten. Sie würden die Polizei vor Ort informieren. Dann liefen Katharina, Frank und Elmar Schock zum Wagen. Frank drehte sich noch einmal um. „Die sollen sich total bedeckt halten und nichts unternehmen, bevor wir da sind. Ist das klar?"

***

Nach einer circa einstündigen Fahrt erreichten sie Morbach. Schock fuhr in den Ort hinein. Im Kreisel nahm er die dritte Ausfahrt, die sie eine Anhöhe hinauf wieder aus dem Städtchen herausführte. Mittlerweile war es fast zwanzig Uhr. Im Auto war es sehr warm, obwohl die Klimaanlage lief, und Katharina hatte Mühe, die Augen offen zu halten. Der Tag war heiß gewesen und noch immer hatte die Sonne kaum an Kraft verloren, obwohl sie schon tief am Himmel stand. Am Anfang der Fahrt hatten sie noch heftig über den weiteren Werdegang des Tages debattiert, aber schon kurz darauf war es still geworden. Jeder hing seinen Gedanken nach. Frank musste sich schrecklich fühlen. Er war eine Beziehung mit dieser Frau eingegangen, die zumindest als Komplizin am Tod eines Mannes beteiligt war. Wer weiß, was sonst noch alles auf ihr Konto ging. Tja, in Menschen kann man sich eben täuschen, dachte Katharina bitter. Frank würde diese Pille ebenso schlucken müssen, wie sie es getan hatte. Dann huschten ihre Gedanken zu ihrem Hund. Ella war gut versorgt. Katharina hatte Daniel gebeten, die Hündin zu sich zu nehmen. Zum Glück hatte sie solche verlässliche Freunde. Freunde wie Beate ...

Katharina schürzte die Lippen. Nur durch die Tatsache, dass Beate sich mit ihr angefreundet hatte, war sie in diese schreckliche Situation geraten. Beate hätte Vera sonst niemals kennengelernt. Katharina fühlte sich schuldig. Wieder einmal. Sie spürte, wie sich Tränen in ihren Augen sammelten. Doch das durfte sie nicht zulassen. Selbstmitleid half Beate nicht im Geringsten. Mit einer zornigen Handbewegung wischte sie sich über die Augen und setzte sich auf. Es war noch nicht zu spät. Sie würden Beate retten und Vera festnehmen. Das galt auch für ihren Komplizen. So musste es einfach sein. Die Gerechtigkeit würde am Ende siegen. So erzählte man es sich zumindest immer. Nicht wahr?

Wütend schaute sie aus dem Fenster. Sie passierten fast reife Getreidefelder und Wiesen, auf denen schwarz-weiß gefleckte Kühe grasten. Ab und zu tauchten die Dächer einer großen Scheune und eines sich daran anschließenden Bauernhauses auf. Alles sah so friedlich aus. Doch dieser Eindruck konnte täuschen. Das hatte Katharina lernen müssen.

„Hier geht es ab, Chef. Sollen wir laufen? Laut Navi sind es

noch 600 Meter bis zum Haus."
„Ich denke, wir sollten zu Fuß gehen. Was meinst du, Katie?"
Sie war der gleichen Meinung. Nach einer Kurve bremste Schock ab, denn vor ihnen hatten die hiesigen Kollegen bereits die Straße abgesperrt. Schock stellte den Wagen rechts der Straße ab und sie stiegen aus.
Frank wechselte einige Worte mit den anwesenden Polizeibeamten und informierte sie anschließend.
„Die Straße wurde auf beiden Seiten weit genug entfernt abgesperrt. Die hiesigen Kollegen haben sich dem Haus noch nicht genähert. Gut, dass endlich einmal jemand auf mich hört. Wir werden uns jetzt an das Haus heranschleichen und die Lage vor Ort sondieren, bevor wir weitere Schritte planen."
Sie erhielten ein Funkgerät, denn die anderen Kollegen sollten sich weiterhin nur in größerer Entfernung zum Haus aufhalten, jedoch schnell zur Stelle sein, falls sie gebraucht wurden.
Dann gingen sie los. Zuerst folgten sie dem schmalen Schotterweg, der von der Straße in Richtung des Hofes abbog, bis sie in einiger Entfernung das Dach des Anwesens erkennen konnten. Der Hof war rundherum von Bäumen umgeben. Sie hielten sich links und durchquerten ein Weizenfeld, bevor sie in den Schatten der Bäume eintauchten und sich vorsichtig dem Hof näherten. Die Gebäude waren alt und heruntergekommen. Das Holz der an das Haus angrenzenden Scheune hatte Grünspan angesetzt und sah vermodert, morsch und baufällig aus. Das Haus selbst wirkte ebenso verlassen und verfallen. Es hatte kleine Fenster, wie es bei den damaligen Bauernhäusern der Gegend üblich war. Teils waren bei diesen, wo noch vorhanden, die doppelflügligen hölzernen Fensterläden geschlossen. Einige Fenster waren mit Brettern zugenagelt worden. Neben dem Haus, dessen Eingangstür nur angelehnt

war, stand Beates roter Beatle. Alles war ruhig. Sie hörten keinen Laut. Frank machte ihnen ein Zeichen und sie liefen geduckt über den Hof. Neben dem Wagen gingen sie in die Hocke und besprachen das weitere Vorgehen. Schock sollte das Haus umrunden und nach einem möglichen zweiten Ausgang suchen. Katharina und Frank wollten den Vordereingang nehmen. Frank informierte die anderen Polizisten per Funk. Sie würden zwischen den Bäumen warten und sofort eingreifen, falls es nötig wurde.

Dann ging alles ganz schnell. Schock spurtete los. Katharina und Frank liefen in die andere Richtung und blieben rechts und links der Eingangstür stehen. Frank deutete Katharina an, dass er vorgehen und sie nach ihm das Haus betreten sollte. Sie nickte und nahm, ebenso wie Frank, ihre Waffe aus dem Holster. Frank öffnete die Tür ein Stück weiter und schlüpfte durch den Durchgang. Katharina wartete einige Sekunden und tat es ihm nach. Im Haus roch es muffig und schimmelig. Sie standen in einem kurzen Flur, von dem geradeaus und links von ihnen eine Tür abging. Frank deutete auf die linke und Katharina nickte. Vorsichtig drückte sie die Klinke nach unten. Die Tür öffnete sich mit einem leisen Quietschen und Katharina trat mit einem schnellen Schritt und gehobener Waffe in den Raum. Er war leer. Dies musste die Küche gewesen sein. Aber außer einem Ofenrohr, das aus der Wand ragte und den unterschiedlichen Anschlüssen in der Wand vor ihnen war davon nichts übrig geblieben. Die Tapete hatte sich großflächig von den Wänden gelöst und hing in Bahnen zu Boden. Die dünnen Lichtfäden, die durch die Bretter vor den Fenstern fielen, ließen den Raum noch trostloser aussehen. Auf der rechten Seite befand sich eine weitere Tür. Sie lauschten. Es war kein Ton zu hören und Frank öffnete die Tür und trat hindurch. Auch der nächste Raum war leer. Vielleicht war es einmal das Ess- oder Wohnzimmer gewesen. Auch von diesem Raum ging eine Tür ab, die sie vorsichtig öffneten. Sie gelangten in einen fast quadratischen weiteren Flur, in den sie ebenfalls gekommen wären, wenn sie die zweite Tür im Eingangsbereich genommen hätten. Von hier aus führte eine Treppe in den ersten Stock. Außerdem gingen zwei weitere Türen auf der rechten Seite ab. Gerade als Katharina Frank signalisierte, dass sie nach oben gehen sollten, bewegte sich die Klinke der linken Tür vor ihnen. Katharina erstarrte. Sie hob die Waffe und wartete. Auch Frank hatte die Bewegung wahrgenommen und stand mit gehobener Waffe neben ihr. Die Tür öffnete sich sehr langsam und Katharina hielt die Luft an. Das Türblatt schwang zur Seite und heraus trat Elmar Schock. Katharina ließ die Luft aus den Lungen entweichen, achtete dabei aber darauf, keinen Laut zu machen. Schock deutet hinter sich. Er hatte also einen Hinterausgang gefunden. Frank bedeutete ihm, dort zu bleiben, um den Ausgang zu sichern und einen möglichen Fluchtweg zu blockieren. Schock nickte zwar nicht gerade glücklich, aber er blieb, wo er war. Frank und Katharina machten sich auf den Weg nach oben. Sehr vorsichtig prüften sie jede Stufe, um ein lautes Quietschen oder das womögliche Einbrechen in das morsche Holz zu verhindern. Schließlich erreichten sie den ersten Stock, ohne deutlich hörbare Geräusche verursacht zu haben. Auch hier gab es einen Flur mit drei Türen, die sie vorsichtig nach und nach öffneten. Die Räume dahinter waren alle leer. Frank zuckte die Schultern. Wo konnte Vera sein? Der Dachboden! Katharina deutete nach oben und Frank nickte. Sie stiegen weitere Stufen empor und betraten einen großen Speicher, auf dem allerdings außer Staub, Spinnweben und altem Gerümpel nichts zu finden war.

Nun blieb nur noch die Tür im Untergeschoss. Womöglich führte sie in einen Keller, vermutete Katharina. Sie machten sich also wieder auf den Weg nach unten.
Als sie wieder bei ihrem Kollegen angelangt waren, machte dieser aufgeregte Gesten in Richtung der letzten Tür. Erst jetzt sah Katharina, dass sie von außen mit einem Riegel versehen war. Er war zurückgeschoben worden. Die Tür war nicht verschlossen. Hier würden sie wahrscheinlich fündig werden. Katharinas Herz schlug schneller und ihre Kehle wurde eng. Sie kämpfte gegen die Panik an, die in ihr hochsteigen wollte. Das würde sie nicht zulassen. Sie hatte so lange mit ihren Ängsten kämpfen müssen und sie schließlich besiegt. Sie würde nie wieder gegen sie verlieren. Das hatte sie sich in der Klinik geschworen. Nie wieder! Jetzt musste sie einen kühlen Kopf bewahren, um Beate helfen zu könnnen. Sie schluckte hart und konzentrierte sich auf ihre Aufgabe. Frank öffnete die Tür nur einen Spalt breit und blickte hindurch. Dann schaute er seine Kollegen an und nickte. Sie konnten es wagen und versuchen, den Überraschungsmoment zu nutzen. Unendlich langsam öffnete Frank die Tür so weit, dass sie hindurchpassten. Eine Steintreppe wand sich vor ihnen nach unten. An ihrem Ende führte ein Gang nach rechts. Eine einzelne Glühbirne beleuchtete die Kellertreppe und Katharina musste an die vielen Gruselfilme denken, in denen ähnliche Szenarien für den Gänsehauteffekt gesorgt hatten. Sie folgte Frank die Treppe hinunter. Schock blieb weiter auf seinem Posten. Wie Katharina vermutet hatte, befanden sie sich in einem Gewölbekeller, der den Bauern früher zur Lagerung von Kartoffeln, Obst und Eingemachtem gedient hatte. Als Lagerraum für andere Dinge eigneten sich solche Keller nicht, denn ihre natürliche Feuchtigkeit brachte alles zum Schimmeln. Die Decke

war sehr niedrig und Frank musste sich bücken, als er dem kurzen Durchgang folgte, der sich an die Treppe anschloss. Auch hier gab es wieder eine Tür, doch diese war nicht alt, sondern musste nachträglich eingebaut worden sein. Es war eine moderne, weiße Hauseingangstür, deren Zarge an einer rechts und links davon nicht gerade fachmännisch hochgezogenen Mauer befestigt war. Der gelbe Bauschaum, mit dem die Lücken zwischen Zarge und Mauer vollgespritzt worden war, quoll zwischen den Steinen hervor, doch die Tür erfüllte ihre Aufgabe. Sie konnte abgesperrt werden und war nicht so leicht zu öffnen. Katharina war sich sicher, dass dies das Werk von Veras Komplizem gewesen sein musste.

Frank sah Katharina fragend an. Sie nickte und er drückte gegen den Türknopf. Das Türblatt ließ sich bewegen. Vera hatte nicht abgeschlossen. Frank schickte ihr einen triumphierenden Blick. Dann drückte er gegen das weiße Türblatt und es schwang auf. Auf den Anblick, der sich ihnen nun bot, waren sie nicht vorbereitet gewesen und beide brauchten einige Sekunden, um zu begreifen, welch grauenvolle Szene sich gerade vor ihnen abspielte.

In der Mitte des etwa drei mal drei Meter großen Kellerraumes war an der gewölbten Decke ein Haken befestigt worden, durch den eine Kette lief, die bis zum Boden herunterreichte. Das andere Ende war an der gegenüberliegenden Wand befestigt, sodass man die Kette nach Bedarf verlängern oder kürzen konnte. Rechts davon stützte ein Balken die Decke ab. An der gegenüberliegenden Wand stand ein Stuhl, auf dem sich ein CD-Player befand. Hier war auch Paul gefangen gehalten worden. Und das Klicken ... Das war der CD-Player gewesen. Sicherlich würden sie auf der CD, falls sie sich noch darin befand, das Knurren und Bellen eines Hundes hören.

An Franks gequältem Blick erkannte Katharina, dass er das Gleiche dachte. Beate stand mitten im Raum. Ihre gestreckten Arme waren gefesselt und mit der Kette verbunden. Diese war dann so weit nach oben gezogen worden, dass Beate quasi auf den Zehenspitzen balancieren musste, um zumindest ein wenig Halt zu erlangen.

Ihr Mund war mit Klebeband verschlossen und sie war, bis auf die Unterwäsche, ausgezogen worden. Blut lief an ihrem Körper herab und hatte bereits eine kleine Lache unter ihren Füßen gebildet. Auf ihrer rechten Wange klaffte eine grässliche Wunde. Die Hautränder hingen leicht herab und gaben den Blick auf das darunter liegende Gewebe frei.

Durch die Verletzung war auch ihr rechtes Auge zugeschwollen und färbte sich dunkelblau. Die Wunde blutete stark, doch es war nicht die einzige. Mit Schrecken erkannte Katharina weitere offene und blutende Wunden an Beates Körper. Außerdem gab es blutunterlaufene Quetschungen und Blutergüsse, die ihren Körper entstellten. Vor Beate stand Vera mit dem Rücken zu ihnen. Sie war allein und hatte noch nicht bemerkt, dass sie beobachtet wurde. Sie hielt einen Gegenstand in den Händen, den Katharina beim ersten Hinsehen für eine Kohlenzange hielt. Als sie aber genauer hinsah, erkannte sie am Ende der Zange eine etwa zwanzig Zentimeter lange Verdickung aus Metall.

Vera war offensichtlich völlig außer sich. Sie beschimpfte Beate als Hexe und drohte ihr. Sie schrie und kreischte in einer Tonlage, die Katharina bei ihr noch nie gehört hatte. Veras Stimme schwankte zwischen tiefen und hohen Tönen, während sie die Zange bedrohlich vor Beates Gesicht öffnete und wieder schloss. Jetzt erkannte Katharina auch, um was es sich bei dem Metallteil handelte. Als Vera die Zange öffnete,

erkannte Katharina deutlich große, spitze Reißzähne, die natlos ineinander fuhren, wenn sich die Zange wieder schloss. Katharina zuckte zusammen. Vera hat einen Abdruck hergestellt. Den Abdruck eines Hundegebisses. Plötzlich passten die Teilchen des Mosaiks zusammen. Arno Boos. Die kieksende Stimme des Angreifers. Der Hund ohne Spuren. Klaus Werbolds und Pauls Verletzungen.
Aber warum? Was war ihr Motiv? Und wo war ihr Komplize? Die Antwort auf die letzte Frage lieferte Vera selbst. Beate öffnete kurz das unverletzte linke Auge und erblickte Katharina und Frank. Unbewusst riss sie das Auge auf. Dieser kurze Augenblick reichte aus, um Vera zu alarmieren. Sie wirbelte herum und starrte die beiden Eindringlinge an. Ihr Gesicht hatte keinerlei Änlichkeit mehr mit dem der hübschen Frau, die Katharina kennengelernt hatte. Frank zog scharf die Luft ein. Er konnte ebenfalls nicht glauben, was er dort vor sich sah. Vera verzog das Gesicht zu einer hässlichen Fratze. Als sie sprach, war ihre Stimme sehr tief, fast männlich, und sie klang fremd und bedrohlich.
„Na, guck an. Habter mich endlich gefunden. Hab euch ganz schön verarscht de ganze Zeit über. Aber ihr kommt zu spät. Mein Mädchen könnter nich mehr finden. Die is in Sicherheit. Hab se gut versteckt. Und se bleibt jetz bei mir. Versteht ihr dat, ihr Piepen?“
Frank trat ein kleines Stück vor, was zur Folge hatte, dass Vera die Zange bedrohlich hob.
„Vera“, sagte er ganz sanft, „das willst du doch gar nicht. Gib mir die Waffe. Wir werden einen Weg finden. Ich helfe dir.“
Veras schaute Frank nur höhnisch an.
„Du und meiner Kleinen helfen? Dat hab ich gesehen, wie du dat machs. Du Drecksack. Du wars nich dabei, wie se

geheult hat wegen dir. Se is fast eingegangen dran, wie du se behandelt und belogen has. Aber ich musst et mir angucken. Dat Schlimmste dran war, dat se dich immer noch gern hat. Noch nich mal richtig wütend is se auf dich. Darum durft ich dich nich abmurksen, wat ich am liebsten gemacht hätt. Na, so hat wenigstens dein Sohnemann seine Packung gekriegt."
Vera stieß ein lautes, hämisches Lachen aus und öffnete und schloss die Zange mit einem lauten Knallen vor Franks Gesicht. Jetzt konnte Katharina deutlich das Hundegebiss erkennen. Die Kanten der Zähne mussten wie Messer ins Fleisch schneiden. Was war nur mit Vera geschehen?
Einem plötzlichen Impuls folgend fragte Katharina:
„Wer bist du?"
Frank schaute sie irritiert, dann aber verstehend an.
Vera grinste. Ihr Gesichtsausdruck spiegelte Arroganz und gleichzeitig Verachtung für ihr Gegenüber wider.
„Ah, biste endlich auf den Dreh gekommen? Katie, die Superpolizistin. Kriecht ihr Leben auch nich wirklich auf de Rolle. Wie war et denn so in der Klinik? Bestimmt besser als für mein Mädchen damals. Zu dir war der Feuerkopp ja nett und freundlich. Dat kann mein Mädchen von sich nich behaupten. Ne, ganz und gar nich. Der Feuerkopp konnt sich schon immer gut verstellen. Aber ich hab dem Luder jetzt mal gezeicht, wo et langgeht. Wer ich bin, willste wissen? Ich bin der Beschützer von meiner Kleinen und keiner kommt an mir und meiner Süßen hier vorbei. Ich krieg alles mit, wat meiner Kleinen passiert. So, als hätt ich mehr als zwei Augen und zwei Ohren. Mehr als nur einen Kopp. Na, weißte jetz, wer ich bin?"
Katharina nickte. „Ja, jetzt weiß ich, wer du bist. Du bist Zerberus, der Höllenhund, nicht wahr? So wie Zerberus den Eingang zur Unterwelt bewacht hat, so bewachst du Vera.

Habe ich recht?“
Vera verdrehte die Augen.
„Ja, ja. Bla bla. Genug gelabert. Wie soll et jetzt weitergehen? Bin schließlich mit der roten Hexe hier noch nich feddich.“
Katharina und Frank wechselten einen kurzen Blick.
„Leg sofort diese Waffe nieder und heb die Hände“, befahl Frank, „sonst muss ich von meiner Schusswaffe Gebrauch machen.“
Seine Stimme hatte jegliche Sanftheit verloren, während er mit der Pistole auf Vera zielte.
„Frank! Bitte!“, für einen kurzen Moment veränderte sich Veras Gesichtsausdruck und zeigte plötzlich nur noch Angst und Unverständnis.
Ihr Blick umfasste den Raum, sie sah ungläubig auf ihre Hände und in Franks Gesicht.
„Frank? Was ist denn los?“
„Vera?“, Katharina erkannte die Chance.
„Vera, du musst dagegen ankämpfen. Lass die Waffe fallen! Vera! Hörst du?“
„Nix Vera.“ Der Augenblick war vorbei und an Veras Gesichtsausdruck erkannte Katharina, wen sie erneut vor sich hatte.
„Ich hab euch doch gesacht, dat mein Mädchen in Sicherheit is. Un jetz is genug mit Reden. Macht, dat ihr verschwindet, oder ihr lernt meine Süße aus der Nähe kennen.“
Mit geöffneter Zange kam sie auf Frank zu und grinste diabolisch.
Frank hielt zwar seine Waffe weiter auf Vera gerichtet, ging aber zögernd einen Schritt zurück.
„Vera!“ brüllte Katharina so laut sie konnte, doch sie erreichte damit nichts.
Ganz im Gegenteil trat Vera einen weiteren Schritt vor und

drängte Frank dadurch in Richtung der Wand. Er würde nicht schießen können, erkannte Katharina erschrocken. Nicht nachdem er eben die echte Vera gesehen hatte, die irgendwo in diesem Körper steckte.

Vera hob die Zange und war im Begriff, die metallenen Kiefer in Franks Gesicht schnappen zu lassen.

Noch einmal schrie Katharina so laut sie konnte:

„Vera! Hör auf damit! Vera!"

Als aber auch dies nichts änderte, hob Katharina ohne zu zögern ihre Waffe und schoss.

Kapitel 19

Zwei Wochen später traten Katharina und Frank aus der forensischen Klinik in Andernach. Der Fall Zerberus war nun entgültig abgeschlossen, doch es hatte lange gedauert, die Brocken, die Veras zweite Persönlichkeit ihnen zuwarf, so zusammenzusetzen, dass sie ein verständliches Bild ergaben.
„Komm! Ich lade dich zu einem großen Eisbecher ein. Was hältst du davon?“, fragte Frank. Katharina willigte ein und so saßen sie kurze Zeit später in einer Eisdiele und vertieften sich in die Karte. Nachdem sie bestellt hatten, lehnte sich Frank zurück und verschränkte die Arme hinter dem Kopf.
„Das war harte Arbeit, stimmt´s?“
Katharina antwortete mit einer Gegenfrage.
„Ich denke, für dich war es härter als für mich, oder?“
Frank verzog schmerzlich das Gesicht.
„Du kennst mich ziemlich gut, Katie. Vera hat mir einmal viel bedeutet. So viel, dass ich beinahe meine Familie für sie verlassen hätte. Natürlich trifft es mich, dass sie jetzt einfach nicht mehr existiert und ich, wenn ich in ihr Gesicht schaue, nicht sie, sondern jemand anderen sehe.“
„So, wie es Dr. Adams ausdrückt, war Zerberus einfach stärker.“
„Ich weiß“, sagte Frank langsam. „Trotzdem ist es für mich schwer zu verstehen, wie so etwas geschehen kann. Und ich habe überhaupt nichts davon bemerkt.“
„Wie solltest du denn auch. Laut den Ärzten wusste doch Vera selbst nichts von ihrem zweiten Ich.“

„Unglaublich, dass unser Geist zu so etwas fähig ist. Vera war der Meinung, dass sie einfach nur Vera ist. So wie wir das alle tun. Das Selbstverständnis der eigenen, einmaligen Persönlichkeit. Sie wusste nichts von Zerberus. Doch Zerberus wusste von ihr und sah und sieht sich nach wie vor als vollkommen eigenständige Persönlichkeit.“ Frank schüttelte den Kopf.

Ihr Eis wurde serviert und sie schwiegen eine Weile.

„Zerberus hat sich durch ein traumatisches Erlebnis, wahrscheinlich den Tod von Veras Schwester, von ihrem Geist abgespalten. Sie brauchte bei all dem Schrecklichen, den Selbstvorwürfen und den Schuldzuweisungen der Erwachsenen, also ihres Vaters und der damaligen Schwester Herta, in der Klinik dringend einen Beschützer. Sie selbst konnte sich nicht wehren, also übernahm Zerberus das für sie.“

„Das klingt so einfach“, gab Frank zurück.

„Sie war damals erst fünfzehn Jahre alt und Zerberus war dementsprechend noch unerfahren. Anfangs hat er Menschen, die Vera seiner Meinung nach weh taten oder schadeten, nur leicht gestraft.“

„Ihrem Vater hat er Abführmittel in den Joghurt gemixt.“

„Stimmt“, Katharina stocherte in ihrem Eis herum.

„Nach und nach wurde er gewalttätiger. Arno Boos war einer der ersten, den Zerberus schwer verletzt hat. Er war Veras erster Freund und wohl nicht besonders treu, was Zerberus ihm übel nahm“, fuhr Frank fort.

„So wird es gewesen sein“, bestätigte Katharina, „und jetzt weiß ich auch, was mir bei seiner Aussage aufgefallen ist. Ich konnte es zu dem Zeitpunkt nur noch nicht einordnen.“

„Was meinst du?“, fragte Frank.

„Die kieksige Stimme. Wir dachten, es sei ein Junge im Stimmbruch gewesen. Dass es ein Mädchen war, das versuchte, seine

Stimme tiefer klingen zu lassen, auf diese Möglichkeit sind wir nicht gekommen."

Frank schnaubte: „Wie denn auch?"

Katharina nickte verzog das Gesicht: „Ist eben nicht zu ändern. Jedenfalls hatte Vera damals bereits ihre Lehre als Zahntechnikerin begonnen und Zerberus baute seine erste Süße, wie er sie nennt."

„Woher hatte er eigentlich das Hundegebiss?", wollte Frank wissen.

„Ihr damaliger Chef hatte unterschiedliche Gebisse in der Werkstatt, von denen die Lehrlinge Abgüsse machen durften. Darunter war auch das Gebiss seines verstorbenen Rottweilers, das er sich vom Abdecker hatte präparieren lassen."

„Finde ich makaber. Du würdest doch Ella auch nicht ausstopfen lassen, oder?"

Katharina schob empört die Eisschale von sich.

„Natürlich nicht. Ihr Chef muss eine ordentliche Klatsche gehabt haben. Manche Menschen entwickeln halt krude Ideen. Aber das sollten wir ja wohl am Besten wissen."

„Auf jeden Fall war Zerberus damals noch nicht so weit, jemanden sterben zu lassen. Deshalb verband er Arno."

„Da hatte er wohl noch so etwas wie ein schlechtes Gewissen. Doch das ging mit der Zeit verloren", ergänzte Katharina.

„Nachdem Vera mit ihrer Mutter in die Nähe von Morbach gezogen war und dort ihre Ausbildung fortsetzte, hatte ihr Chef kurz vor ihrer Prüfung einen tödlichen Autounfall. Zerberus nimmt den auf seine Kappe."

„Ebenso wie den Tod von Veras erstem Ehemann. Der verbrannte laut Polizeibericht, weil er geraucht hatte und mit brennender Zigarette eingeschlafen war. Ehrlich gesagt, kommt mir Zerberus' Version glaubhafter vor."

„Mir auch“, stimmte Frank zu.

„Dann kommen wir zu dir.“ Katharina sah Frank an.

„Darüber müssen wir jetzt nicht reden, oder? Mein Lehrgeld habe ich bezahlt, glaub mir.“

„Wichtig ist allerdings, dass Zerberus Paul verband.“

„Zum Glück“, Frank kniff den Mund zusammen.

„Das tat er aber nicht, weil er ein schlechtes Gewissen hatte, sondern nur, weil er wusste, dass Vera noch sehr an dir hing und dir eigentlich nicht böse war.“

„Wenn Vera mich gehasst hätte. Wer weiß, was mit Paul geschehen wäre.“ Frank wurde blass.

„Aber so war es ja nicht. Vera ist ein netter, gutherziger Mensch und Klaus Werbold war ein alter Lüstling. Deshalb musste er sterben. Vera sollte die Fotos zu einem Zeitungsbericht über die Arbeitsbedingungen von Prostituierten in Trier machen. Als sie und der Reporter im Center waren, muss Werbold sie ziemlich übel sexuell angegangen sein. Mit Betatschen und in die Hose greifen. Als Zerberus davon erzählte, spuckte er Gift und Galle“, fuhr Katharina fort, ohne weiter auf Franks Beteiligung am Fall einzugehen.

„Genau wie Hans-Walter als er erfahren hat, dass wir ohne ihn nach Morbach gefahren sind“, grinste Frank.

Auch Katharina musste lächeln. Tatsächlich war Hans-Walter wie ein Derwisch im Büro herumgesprungen und ließ sich sich über Untreue und Unkollegialität aus. Er drohte ihnen die Aufkündigung seiner Freundschaft an, wenn sie es sich jemals wieder einfallen lassen sollten, ohne ihn zu einem Tatort zu fahren.

Dass es nun einmal nicht ihre Schuld gewesen war, dass Beate an seinem freien Tag entführt wurde, ließ er als Argument natürlich nicht zu. Erst die Aussicht auf ein kühles Bier in ihrer Stammkneipe konnte seine Stimmung etwas verbessern und

der gemeinsame Abend war dann doch noch freundschaftlich und lustig ausgeklungen.
„Hans-Walter hat ja zum Glück momentan alle Hände voll zu tun“, feixte Katharina.
„War doch eine gute Idee von mir, ihn gemeinsam mit Schock auf den Fall mit der Wasserleiche anzusetzen, findest du nicht?“ Frank grinste.
„Die beiden scheinen sich zu mögen. Kaum zu glauben. Aber Gegensätze ziehen sich ja bekanntlich an.“ Katharina lachte laut auf.
Es tat gut, wieder lachen zu können. Die Lösung dieses Falles war zwar nicht für alle Beteiligten ohne Blessuren möglich gewesen, doch Katharina stellte fest, dass sie sich gut fühlte. Sie war wieder angekommen. Im Beruf und auch in ihrem Leben.
„Wie geht es Beate?“, wechselte Frank das Thema.
„Sie wird noch eine ganze Zeit in psychologischer Behandlung bleiben müssen. Die anderen Verletzungen heilen. Die Schönheitschirurgen sind sich sicher, dass kaum Narben erkennbar bleiben werden.“
„Das hoffe ich für sie.
Katharina starrte in Gedanken versunken vor sich hin. Nachdem sie Vera, besser gesagt Zerberus, dort im Keller durch einen gezielten Schuss in den Oberschenkel unschädlich gemacht und Beate von der Kette befreit hatte, war diese zusammengebrochen. Bis zum Eintreffen des Hubschraubers lag sie in Katharinas Armen. Dann plötzlich öffnete sie das unverletzte Auge und sah Katharina an.
„Die Narben ... Arme ...“, begann sie.
„Sch, sch. Ist ja alles gut“, versuchte Katharina sie zu beschwichtigen.

Doch Beate schien es gerade jetzt wichtig zu sein, ihr ein Geheimnis anzuvertrauen, doch ihre Kraft reichte nicht aus. Sie gab noch einige unverständliche Laute von sich und verlor dann das Bewusstsein.

Als Katharina sie am nächsten Tag im Krankenhaus besuchte, erzählte Beate, deren dicker Verband um ihr Gesicht sie etwas beim Sprechen behinderte, dass ihr Stiefvater sie sexuell missbraucht hatte, als sie zwölf war. Später begann sie sich zu ritzen, um dem inneren Schmerz etwas entgegensetzen zu können. Das erklärte die Narben auf ihren Armen. Sie kam in die Psychiatrie, wo man ihr schließlich helfen konnte. Dieses Erlebnis war mit dafür verantwortlich, welchen Beruf sie letztendlich wählte.

Einige Tage später, als es ihr schon etwas besser ging, erklärte sie Katharina, dass sie verstehen konnte, was Vera bzw. deren zweite Persönlichkeit angetrieben hatte.

„Vera ist sehr krank und braucht dringend Hilfe. Sie hat Schlimmes mitgemacht und ihr Geist ist verwirrt. Eigentlich ist sie auch ein Opfer. Schließlich wusste sie nichts von Zerberus und konnte sich daher auch nicht gegen ihn wehren."

„Du bist zu gut für diese Welt", hatte Katharina gesagt und Beate umarmt.

Doch diese hatte geantwortet: „Ich verstehe zwar, was mit Vera passiert ist und warum sie mich entführt hat. Das heißt aber nicht, dass ich ihr verzeihe. Das kann ich nicht. Niemals." In ihren Augen blitzten Tränen auf.

Katharina hatte sie noch einmal fest in die Arme geschlossen und gesagt:

„Jetzt werde ganz schnell wieder gesund. Wer soll sich denn sonst um die fiese Frau Ziegeler kümmern?"

Beate musste grinsen.

„Aber nur, wenn du mir Ella ab und zu als Therapiehund ausleihst."
„Ein Euro für deine Gedanken", meinte Frank gerade amüsiert. „Du warst gerade sehr weit weg."
„Stimmt", gab Katharina zu. „Ich habe über Beate nachgedacht. Obwohl ihr so etwas Schreckliches zugestoßen ist, verliert sie nicht den Glauben an die Menschheit, sondern versucht dem Ganzen etwas Gutes abzugewinnen. Als Möglichkeit daraus zu lernen und stärker zu werden. Sie steht dem Leben so viel positiver gegenüber als ich. Sie sagt immer, dass wir nur einmal leben und unsere Chancen nicht verspielen sollten."
„Dann nimm doch etwas von ihrer Lebenseinstellung für dich an!", sagte Frank freundlich.
Katharina lächelte. Wenn das doch nur so einfach wäre. Aber … Vielleicht war es das ja tatsächlich.

***

Als sie abends nach Hause kam, Ella begrüßt und mit ihr eine Runde gelaufen war, setzte sich Katharina nach dem Duschen auf ihr Sofa und schaute aus dem Fenster. Es war wunderbar, hier zu leben. Sie hatte einen aufregenden Job, liebe Freunde, einen tollen Hund und ein schönes Haus. Warum nur dachte sie so oft so negativ über ihr Leben? Auch heute hatte Beate sie wieder daran erinnert, dass man jeden Tag des Lebens bewusst wahrnehmen sollte. Besser noch wäre es, wenn man jeden Tag genießen könnte, egal, was passiert, dachte Katharina. Aber das liegt ja schlussendlich an einem selbst. Ich sollte vielleicht mich ändern, statt darauf zu warten, dass sich irgendetwas ändert. Sie zog die Knie an den Körper, saß noch eine ganze Weile so da und dachte nach.

Plötzlich setzte sie sich auf, griff nach dem Telefon und wählte mit klopfendem Herzen eine Nummer. Sie wartete und als ihr Gesprächspartner sich meldete, sagte sie:
„Hallo, Bernd. Ich koche uns morgen Nachmittag einen Kaffee. Bringst du den Kuchen mit?

Epilog

Endlich bin ich mit meinem Mädchen vereint. Se is ganz nah bei mir und kann mich jetz auch seh´n. Wir sin eins. Kann mich sogar mit ihr unterhalten. Dat is so schön, dat se jetz weiß, wer de ganze Zeit für se eingestanden is. Se hat gesacht, dat se mich gut versteht und dat se mir dankbar is für alles, wat ich für se getan hab. Dat se sich imma so nen Beschützer gewünscht hat, der alles für se tun würd. Deshalb lässt se mir auch die Oberhand. Bin einfach der Stärkere von uns beiden. Ich red mit den Bullen un den Ärzten und mein Mädchen hört nur zu. Se lässt sich nich mehr blicken. Hab ihr erklärt, dat dat im Moment für se am besten is.

Dat sieht se genauso. Dat ganze Ärztepack hat ja keine Ahnung, wie et in uns aussieht. Die meinen, dat se nich zurechnungsfähich is. Se wollen unbedingt, dat se wieder se selbst wird. Dat will se aber gar nich mehr. Se will lieber so sein, wie ich. Dat sag ich den Ärzten aber nich.

Dat is unser Geheimnis. Wir sin ja nich blöd. Ne, ganz im Gegenteil. Jetz, wo wer zusammen reden können, werden wer uns nen ordentlichen Plan ausdenken. Wer werden hier schon rauskommen. Et kann wat dauern, aber wir schaffen dat schon irgendwann. Andere verarschen, dat können wer mittlerweile alle beide ganz gut, jetz, wo se weiß, wie ich ticke. Mein Mädchen und ich, wir zwei zusammen sin jetz der Höllenhund. Wir sin Zerberus. Für immer.

Danke

Ohne die Hilfe wohlwollender und kompetenter Menschen würde wohl niemals ein Buch fertiggestellt werden.
Auch wir durften uns bei der Arbeit zu Zerberus über den Beistand und die Unterstützung netter Mitmenschen freuen und möchten ihnen dafür herzlich danken. Da wäre natürlich Thomas, unser Logiker, der uns auf himmelschreiende logische Fehler, fehlende Verknüpfungen und sonstige unverzeihliche Fehlleistungen aufmerksam gemacht hat. Danke, dass du da bist. Ein besonderer Dank geht an Dipl. Psych. Katharina G., die uns bei den psychologischen Fragen hilfsbereit und beratend zur Seite stand. Auch unseren Testleser/innen Anita, Marion, Alexa und Helmut sagen wir vielen Dank für die Tipps und die konstruktive Kritik. Wieder hat Niclas uns ein wunderbares Cover gezaubert. Herzlichen Dank dafür, dass wir an deinem Talent teilhaben können. Vielen Dank auch an den niederländischen Bauern mit Namen Marc, der mich auf die Idee mit dem Maishäcksler brachte und an Tierarzt Dr. B. für seine Beratung in Narkosedingen. Mister M., ich danke Ihnen dafür, dass Sie auch weiterhin dazu bereit sind, mich und meine Bücher zu begleiten. Ohne Sie ginge ja gar nichts.
Zum Schluss geht ein besonders herzliches Dankeschön an Sie, liebe Leser und Leserinnen. Was wären wir Autoren ohne Sie? Danke dafür, dass Sie dieses Buch gelesen haben.
Vielleicht geben Sie uns ein Feedback? Darüber würden wir uns sehr freuen.

Mit den besten Grüßen
Beatrix Lohmann
R. Reinke